# 跟着宋词去旅行 上

任乐乐 著

北京理工大学出版社
BEIJING INSTITUTE OF TECHNOLOGY PRESS

# 目录

## 第一站 怀两京内外

### ——千年繁华尽在此地

## 第二站 忆三国旧地

### ——古今多少事，都付笑谈中

## 第三站 看多情潇湘

——蓦然抬首，今朝已是灯火辉煌地



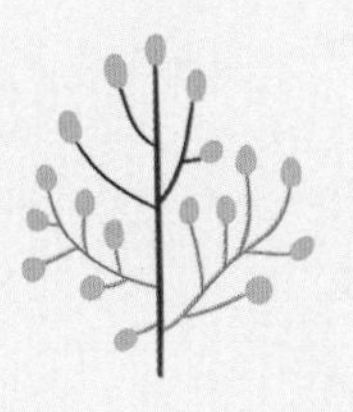

## 第四站 叹婉约江南

——人间天堂纵安逸，无忘故国零星地

## 第五站 望齐鲁大地

——膏壤千里的文化胜地

洛阳
开封
洛阳正值芳菲节，
秾艳清香相间发。
无情汴水自东流，
只载一船离恨、向西州。
第一站
龙门石窟
伊川山水洛川花，
细寻思、旧游如梦。
怀两京内外
——千年繁华尽在此地
安阳
安阳好，
形势魏西州。
沁阳
孤馆灯青，野店鸡号，
旅枕梦残。

# 开封

bō shēng pāi zhěn cháng huái xiǎo　　xì yuè kuī rén xiǎo
波声拍枕长淮晓，隙月窥人小。

wú qíng biàn shuǐ zì dōng liú　　zhǐ zài yì chuán lí hèn　xiàng xī zhōu
无情汴水自东流，只载一船离恨、向西州。

zhú xī huā pǔ céng tóng zuì　　jiǔ wèi duō yú lèi
竹溪花浦曾同醉，酒味多于泪。

shuí jiào fēng jiàn zài chén āi　　yùn zào yì cháng fán nǎo　sòng rén lái
谁教风鉴在尘埃？酝造一场烦恼、送人来！

——苏轼·《虞美人》

大相国寺

开封府

包公祠

农历十一月的天真冷啊！苏轼正在秦淮河上和挚友秦观吃离别宴呢！天下没有不散的宴席，秦观告别后，苏轼卧在船中，听着秦淮河“哗啦啦”的涛声，看到一弯残月探出头来，心中充满了离愁。很快，他的船就要沿着汴水向西行进，不知与秦观何年何月才能再见呀！

“汴水”这个词，听上去怎么这么熟悉？对啦，林升的《题临安邸》中有“暖风熏得游人醉，直把杭州作汴州”的诗句。“汴水”难道是和“汴州”有关吗？一点儿没错！“汴州”是开封的古称，其名正是源自汴水。

那“开封”这个名字又是怎么来的呢？这还得从春秋时期说起。那时郑庄公在此修筑粮仓，建造城池，并给它取名“启封”。到了汉代，为了避汉景帝刘启的名讳，这个地方才被正式更名为“开封”。

可别小瞧开封！它可是大名鼎鼎的“七朝都会”！战国时期的魏国，五代时期的后梁、后晋、后汉、后周，北宋和金的都城都在这里，就连中国第一个朝代——夏朝的都城，也在开封附近！

开封第一次正式荣获“都城”身份是在战国时期。公元前364年，魏惠王迁都大梁，也就是今天的开封市西北部。开封真正的“高光时刻”是在北宋时期。公元960年，赵匡胤（yìn）建立北宋，首都开封也成为世界级大都市。

那时的开封人口超百万，经济繁荣，富甲天下，史书曾以“八荒争凑，万国咸通”“万国舟车会，中天象魏雄”来描述当时的盛景。北宋画家张择端还创作了名作《清明上河图》，清晰地描绘了当时的景象。

“清明上河”是北宋的一种民间风俗，人们在这个日子里纷纷走出家门，赶集、参加活动，热闹极了！在图中，你能看到路上的马帮、河中的舢（shān）板、朱漆未落的小桥、农家小院、人头攒动的集市，真是忍不住想跃入画中，尽情游览一番呢！

北宋张择端的《清明上河图》（局部），今藏于北京故宫博物院

开封的大都市气息不仅被画家生动再现，更被当时的词人们精心描绘了下来。北宋的大词人周邦彦，在他的词《解语花·上元》中，记录了开封城上元节的盛景：

fēng xiāo jiàng là　lù yì hóng lián　huā shì guāng xiāng shè　guì huá liú wǎ

风销绛蜡，露浥红莲，花市光相射。桂华流瓦。

xiān yún sàn　gěng gěng sù é yù xià　yī cháng dàn yǎ

纤云散，耿耿素娥欲下。衣裳淡雅。

kàn chǔ nǚ　xiān yāo yì bǎ　xiāo gǔ xuān　rén yǐng cēn cī　mǎn lù piāo xiāng shè

看楚女、纤腰一把。箫鼓喧，人影参差，满路飘香麝。

可是到了南宋时期，开封就变了样子！南宋朝廷偏安江南，定都临安府（今杭州），位于北方的开封落入金人手中，逐渐败落下来。南宋词人韩元吉在《好事近·汴京赐宴闻教坊乐有感》中感慨道：

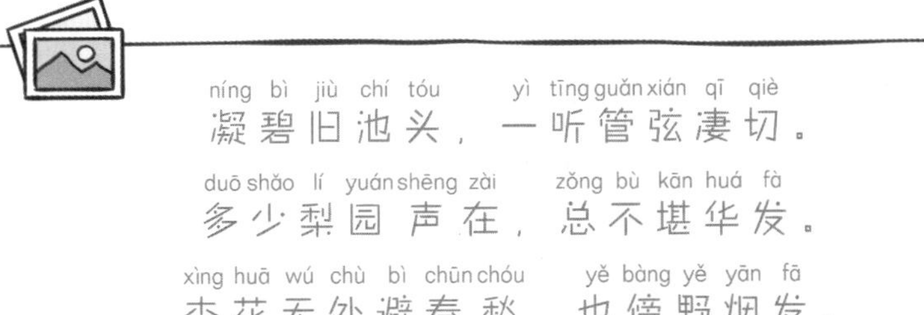

níng bì jiù chí tóu yì tīng guǎn xián qī qiè
凝碧旧池头，一听管弦凄切。
duō shǎo lí yuán shēng zài zǒng bù kān huá fà
多少梨园声在，总不堪华发。
xìng huā wú chù bì chūn chóu yě bàng yě yān fā
杏花无处避春愁，也傍野烟发。
wéi yǒu yù gōu shēng duàn sì zhī rén wū yè
惟有御沟声断，似知人呜咽。

千年之前的开封，就这样被画家和词人定格在了时间的记忆中，透过画卷与词作，向我们展示着两宋的兴衰、人们的悲欢。

## 清明上河园

你一定听说过《清明上河图》，但你知道“清明上河园”吗？它位于开封市龙亭湖西岸，是以《清明上河图》为蓝本的宋代文化主题游乐园。在这里，你能看到几乎和宋时一模一样的酒楼、茶肆、当铺，还有现场制作的汴绣、官瓷、年画等。到了晚上，还有大型晚会《东京梦华魂》，带你“穿越”回宋朝！

清明上河园九龙桥夜景

包公祠中的包公像

## 包公祠

“开封有个包青天，铁面无私辨忠奸。”说起开封，最有名的当属包公。包公名叫包拯，是北宋时期的开封府尹，为官清廉，执法如山，还成了各种话本、剧本的“男主角”！包公祠位于城西南的包公湖畔，祠内有包公铜像，龙、虎、狗铜铡（zhá），包公断案蜡像等。

## 开封府

逛完了包公祠，顺道游览一下开封府吧！开封府是当年包公办案的地方，它与包公祠隔湖相望。我们今天看到的开封府是现代修建的，仿照北宋时期的建筑风格。

开封府的火烧云

大相国寺

## 大相国寺

大相国寺在开封市中心，始建于公元 555 年，是举世闻名的佛教寺院。北宋时候，大相国寺是当时全国的佛教活动中心。《水浒传》中“鲁智深倒拔垂杨柳”的故事，就发生在此地哟！

大相国寺八角琉璃殿俯视图

# 洛阳

luò yáng zhèng zhí fāng fēi jié　nóng yàn qīng xiāng xiāng jiàn fā
洛阳正值芳菲节，秾艳清香相间发。

yóu sī yǒu yì kǔ xiāng yíng　chuí liǔ wú duān zhēng zèng bié
游丝有意苦相萦，垂柳无端争赠别。

xìng huā hóng chù qīng shān quē　shān pàn xíng rén shān xià xiē
杏花红处青山缺，山畔行人山下歇。

jīn xiāo shuí kěn yuǎn xiāng suí　wéi yǒu jì liáo gū guǎn yuè
今宵谁肯远相随，惟有寂寥孤馆月。

——欧阳修·《玉楼春》

国家牡丹园

关林

一个明媚的春日，欧阳修却开心不起来，眼前的一切都充满离情别意。这不，他正背着行囊，垂头丧气地走出洛阳城呢！垂柳如丝，杏花绚烂，可他根本没心情欣赏这些！来到山间的一家小旅馆，欧阳修看着天边的孤月，又想起远在身后的洛阳城，多么令人伤心啊！

在古代，人们有着独特的起名方法：山南水北称为“阳”，山北水南称为“阴”，将洛阳代入这个“公式”中，你能知道它的地理位置吗？没错，洛阳正是位于洛水北面，它还有一个神气的名字，叫“神都”！

女皇武则天建立大周王朝时，定都洛阳，并将洛阳称为“神都”。而洛阳在历史上的威名还不仅限于此呢！从夏朝开始，先后就有 13 个王朝在此定都，上古时期伏羲、女娲、黄帝和尧、舜、禹的传说，也都是自河洛地区发源！怎么样，洛阳很厉害吧？

千年以来，文人墨客都对洛阳赞不绝口，秦观的一首《望海潮·洛阳怀古》，更是写出了众人的心声：

méi yīng shū dàn　bīng sī róng xiè　dōng fēng àn huàn nián huá
梅英疏淡，冰澌溶泄，东风暗换年华。

jīn gǔ jùn yóu　tóng tuó xiàng mò　xīn qíng xì lǚ píng shā
金谷俊游，铜驼巷陌，新晴细履平沙。

cháng jì wù suí chē　zhèng xù fān dié wǔ　fāng sī jiāo jiā
长记误随车。正絮翻蝶舞，芳思交加。

liǔ xià táo qī　luàn fēn chūn sè dào rén jiā
柳下桃蹊，乱分春色到人家。

和欧阳修一样，这首词写于繁花烂漫的春天。秦观先回忆了自己客居洛阳时，和朋友们游览名园胜迹的乐趣，最后落到眼前的寥落悲伤上。

说来你也许不信，奈良时期的日本人可喜欢洛阳了！他们甚至还专门仿照洛阳和长安的格局，建立了京都。在当时的日本，人们要去京都，就叫作“上洛”或是“入洛”。

更厉害的是，洛阳还见证了罗马帝国和泱泱中华的第一次碰撞！

东汉时期，汉明帝派班超出使西域，打通了荒废已久的丝绸之路，还引得罗马的使臣纷纷来朝觐（jìn）。这条“黄金之旅”的东方起点，正是在今天的洛阳，西方终点则是赫赫有名的罗马帝国。怪不得季羡林曾肯定地说：“丝绸之路不应以长安为起点，应以洛阳为起点。我认为这是不刊之论。”

唐三彩《丝绸之路上的商旅》

说到洛阳，就不得不提牡丹，其中还有一个有趣的小故事。相传一年腊月，武则天喝醉了酒，来到花圃里散步，看到百花全都是枯枝一片，勃然大怒，当即写下一首绝句：“明朝幸上苑，火速报春知。花须连夜发，莫待晓风吹。”

百花生怕惹恼了这位脾气莫测的女皇，只得冒着严寒，连夜绽放。只有牡丹不畏女皇威严，抗旨不开。武则天一怒之下，将几千株牡丹都贬去了洛阳，然而倔强不屈的牡丹一到洛阳，竟然立刻昂首怒放！

这可激怒了武则天，她下令将牡丹连根拔起，立刻烧毁。牡丹的枝干虽被烧焦，可到了第二年春天，枝上的花朵却开得更加繁盛了！人们知道后，都赞其为“焦骨牡丹”，也就是今天的“洛阳红牡丹”。

## 白马寺

据说一天晚上，汉明帝刘庄做了一个怪梦：一位神仙浑身散发着金光，从西方飞来。第二天一早，刘庄将自己的梦告诉了大臣们，并询问他们这个神仙是谁。

白马寺大门外的宋代石雕马

太史傅毅对汉明帝说：“您梦中的神仙就是西方佛祖。”于是，汉明帝在洛阳建造了中国第一座佛寺，又派使者去西方访求佛道。由于佛经是用白马驮来的，因此将这座佛寺称为“白马寺”。

## 关林

关林为什么姓“关”？因为相传，这里是埋葬关羽首级的地方！关林在明代万历年间建庙，又在清代乾隆时期扩建，前面是祠庙，后面为墓冢。在去关林时，你如果能讲出名将关羽的生平经历，肯定会让爸爸妈妈大吃一惊的！

### 国家牡丹园

“洛阳牡丹甲天下”，来都来了，怎么能不看牡丹呢？要说洛阳哪里的牡丹品种最多，肯定是国家牡丹园了！这里原是隋朝西苑及唐代神都园的旧址，是我国最早的牡丹种植区。要问园内的“明星”是谁，当然是千年凤丹林中的一株“千年牡丹王”了！它可是隋朝的遗物！

给你一个小提示：如果想去洛阳观赏牡丹花，最好的时间是每年的 4 月和 5 月哟！

国家牡丹园中盛开的牡丹花

# 龙门石窟

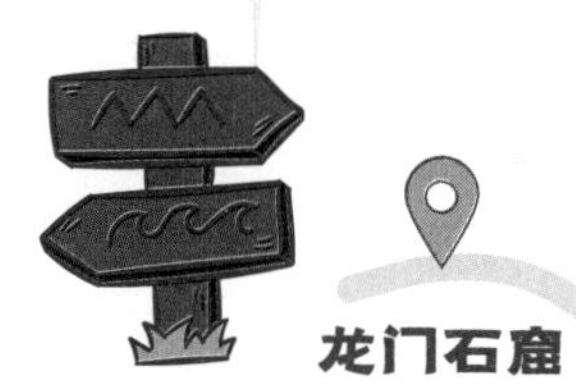


yì xī xī dū huān zòng zì bié hòu yǒu shuí néng gòng
忆昔西都欢纵。自别后、有谁能共。

yī chuān shān shuǐ luò chuān huā xì xún sī jiù yóu rú mèng
伊川山水洛川花，细寻思、旧游如梦。

jīn rì xiāng féng qíng yù zhòng chóu wén chàng huà lóu zhōng dòng
今日相逢情愈重。愁闻唱、画楼钟动。

bái fà tiān yá féng cǐ jǐng dào jīn zūn tì shuí xiāng sòng
白发天涯逢此景，倒金尊。殢谁相送。

——欧阳修·《夜行船》

看！那个站在船上的白衣老翁是谁？他就是北宋著名文学家——欧阳修。几年前，他在这里和老友告别，现在他们又在此处重逢了，这是多么令人激动的事啊！他们摆了一桌丰盛的宴席，快快乐乐地把酒言欢：“我们现在都已经老了，不能再一起游历河山，只能在这里喝酒啦，管它醉后是谁送谁呢！”

在《夜行船》中，欧阳修将“伊川山水”与“洛川花”并称。可是你知道吗，在伊川县和洛阳市中间，“夹”着一个著名的地方，名叫“龙门”。那里有举世闻名的名胜古迹——龙门石窟。

龙门位于伊水河畔，这里两山对峙，伊水从中间流过，如同门阙一般，因此此处在古时候也被称为“伊阙”。在曹植的《洛神赋》中，“背伊阙”指的就是这里哟！自古以来，“龙门山色”被誉为洛阳八大景之首，唐代诗人白居易曾评价这里：“洛都四郊山水之胜，龙门首焉。”

东晋顾恺之的《洛神赋图》（局部）

龙门地区不仅风景优美，这里的山体石质坚硬，非常适合精雕细刻。北魏时期，佛教盛行，孝文帝迁都洛阳后，也大力扶持佛教，将平城云冈石窟的能工巧匠迁至洛阳，让他们在龙门山开凿石窟。

从北魏开始，经历了东魏、北齐、隋、唐及北宋诸多朝代，足足400余年，龙门石窟才正式竣工。因此我们今天看到的龙门石窟，其实是多个朝代的产物，其中北魏的洞窟约占30%，唐代的占60%，其他朝代的仅占10%。

在龙门石窟的所有洞窟中，最大的佛像是卢舍那大佛，通高17.14米，头高4米，就连耳朵也有1.9米长！最小的佛像在莲花洞中，每个只有2厘米，堪称微雕！

龙门石窟还有一个有趣的传说呢！相传很久以前，洛阳南面有一个大湖，湖边有一个小村庄。村里有个孩子叫小宝，是个放羊娃。有一天，小宝正在放羊时，突然听见地下传来一个沙哑的声音，反复念叨着："开不开？"

小宝将这件事告诉了妈妈，妈妈说："下次你再听见这样的问题，就回答'开'。"谁知，妈妈的话还没说完，山上就传来一声巨响。龙门山居然从中间裂开了，汹涌的湖水从裂口中奔涌而出，咆哮着流向了洛阳城！眼看洛阳城就要被大水淹了，湖水又忽然绕道而行，流向了东海。

接着，无数清泉从山崖中迸发出来，形成了一道道亮丽的飞瀑，而两岸的悬崖之上，出现了蜂窝一般的石窟，石窟内密密麻麻，全部都是石雕佛像！这些佛像形象各异，有的眉清目秀，有的魁梧强壮，千姿百态，十分壮观！

现在问问你：你觉得龙门石窟是古人雕刻出来的，还是山崖开裂形成的呢？

## 龙门石窟

龙门石窟可不一般！它与甘肃敦煌的莫高窟、天水的麦积山石窟及山西大同的云冈石窟并称为“中国四大石窟”。龙门石窟南北长达 1 千米，现存窟龛（kān）2345 个，造像 10 万余尊，碑刻题记足有 2800 余品！在书法艺术中，“龙门二十品”是魏碑的精华，而唐代褚遂良的《伊阙佛龛之碑》更是初唐楷书的艺术典范！

龙门石窟全景

龙门石窟的卢舍那大佛

## 香山寺

龙门石窟有个邻居，名叫香山寺。唐朝时期，印度高僧地婆诃（hē）罗在这里圆寂，为了安置他的遗身，建造了香山寺。女皇武则天在洛阳称帝时，亲自为它赐名，“香山寺”这才正式“上了户口”。后来白居易捐资六七十万贯重修香山寺，并撰写了《修香山寺记》。

此后，这里几度废建，直到 1936 年，为庆祝蒋介石 50 岁寿辰，当时的政府再次对香山寺进行了修建，并在寺内建造了一幢两层小楼，称作“蒋宋别墅”。

香山寺夜景

## 白园

来到龙门石窟，不去白园，实在可惜！白园位于龙门东山的琵琶峰上，是为纪念白居易而建的。白居易晚年住在洛阳，对龙门山水十分眷恋，叮嘱家人：“我死后要葬在此处。”在琵琶峰顶，有一座砖砌的矮墙，墙内有一个墓丘，这就是白居易长眠之处啦！

假如你登高远眺，能看到墓顶形似琵琶，墓丘像“琴箱”，东南那长长的芳草墓道中央，三根“琴弦”清晰可见，琵琶峰果然名不虚传！这大概是因为白居易精通音律，又曾撰写过著名的《琵琶行》，所以后人才将他的墓地修成这个样子的！

白园中的白居易雕像

# 安阳

殷墟

ān yáng hǎo　xíng shì wèi xī zhōu
安阳好，形势魏西州。

màn yǎn shān chuān huán gù guó　shēng píng gē chuī fèi gāo lóu　hé qì zhèn fēi fú
曼衍山川环故国，升平歌吹沸高楼。和气镇飞浮。

lǒng huà mò　qiáo mù jǐ chūn qiū
笼画陌，乔木几春秋。

huā wài xuān chuāng pái yuǎn xiù　zhú jiān mén xiàng dài cháng liú　fēng wù gèng qīng yōu
花外轩窗排远岫，竹间门巷带长流。风物更清幽。

——韩琦·《望江南》

羑里城遗址

岳飞庙

说起这首《望江南》，你知道它的作者——韩琦是谁吗？你可能会说“不知道”，但在那个时代，他却是烜赫一时的大名人！韩琦是北宋名将，曾与范仲淹共同防御西夏，时称“韩范”，并被封为魏国公。《宋史》里还有他的列传呢！

韩琦热爱自己的故乡安阳，所以写了一本《安阳集》来歌颂，让故乡名扬天下。其中还有一篇这样写道：

ān yáng hǎo　qū shuǐ sì shān yīn　yè yè qīng quán yán liū xì
安阳好，曲水似山阴。咽咽清泉岩溜细，

wān wān bì zhòu zhuàn hén shēn　yǒng zhòu zuò pī jīn
弯弯碧甃篆痕深。永昼坐披襟。

hóng xiù xiǎo　gē shàn huà ní jīn　yā lǜ bō suí shuāng yè
红袖小，歌扇画泥金。鸭绿波随双叶

zhuàn　é huáng jiǔ dào shí fēn zhēn　chóng tīng rào liáng yīn
转，鹅黄酒到十分斟。重听绕梁音。

但安阳不仅是因为韩琦的词作才闻名于世，对于这座千年古城来说，它自有令人骄傲之处。据考证，安阳的历史至少可以追溯到一万年前呢！传说，颛顼（zhuān xū）、帝喾（kù）都曾在此建都，而殷商的盘庚，更是执意迁都于此，将这里发展成了商朝的政治、经济中心。可以说，安阳见证了商朝兴衰的全过程！

经考古发掘，这里有殷商时代的宫殿和宗庙五十多座，王陵十多座，民居和负责铸造青铜的手工业作坊更是不计其数！最令安阳名扬天下的，要数甲骨文的出土了！在这里，刻着甲骨文的龟甲、兽骨源源不断地被从土里挖掘出来，它们记载着殷商时代的各种事情，将3000多年前的秘密一一呈现在我们面前！

殷墟甲骨文

甲骨文十二生肖的写法

在《诗经·商颂》中，诗歌《玄鸟》为我们讲述了一个带有传奇色彩的故事：

商的祖先名叫契，契的母亲叫简狄，是帝喾的妃子。简狄嫁给帝喾之后，一直没有孩子。这天，简狄举行完祭祀仪式之后，感到非常疲惫，就到玄丘之水中洗澡。这时，天上忽然飞来了一只玄鸟（也就是今天的燕子）。玄鸟落到简狄的手上，居然就不走了！简狄感到奇怪，但更奇怪的事还在后头！玄鸟忽然产下了一枚蛋，然后一扇翅膀，飞走不见了！

简狄一时好奇，吞下了那枚玄鸟蛋。然而没过多久，她便觉得腹中有异动，请医生来看，居然是怀孕了！

几个月后，简狄生下了一名男孩，取名为契。帝喾对契十分喜爱，精心培养这个孩子，希望他以后能成就大业。

帝喾的付出得到了回报，契长大之后果然成为一个有胆有识的人，他不仅在尧和舜的宫廷中做了掌管教育的司徒，还帮助大禹治理水患。后来，契被封在了商这个地方，于是就用"商"作为宗族的名号。

中国上古神话形象——玄鸟

从此，商族人一直将那只神秘的玄鸟作为图腾，而商族也渐渐发展壮大，最终建立了一个传奇的国家——殷商。

## 殷墟

如果你喜欢《封神演义》，那殷墟一定是不能错过的地方！殷墟位于安阳市殷都区的小屯村周围，是商朝后期的都城遗址。悄悄告诉你，它可是中国历史上被证实的第一个都城遗址哟！因此，殷墟的发掘，被列为20世纪中国“100项重大考古发现”之首！

安阳殷墟宫殿宗庙遗址

## 岳飞庙

你一定知道抗金英雄岳飞吧？他就是安阳人！岳飞庙位于汤阴县城内，是豫北最大的古建筑群之一，也是中国三大岳庙之一。它的始建年代已无法考证，但今天的岳飞庙是明景泰元年（1450年）时重建的。岳飞庙临街的大门是“精忠坊”，精忠坊的正中挂着明孝宗朱祐樘（yòu chēng）所赐的匾额，写着“宋岳忠武王庙”。

岳飞庙中的岳飞像

## 羑（yǒu）里城遗址

羑里城遗址在安阳市汤阴县城北部，是纣王关押西伯侯姬昌的地方。在这里，姬昌根据伏羲八卦推演出了《周易》，还产生了“画地为牢”的典故。进了羑里城，你可以一边感受殷商时的文化，一边默念“天行健，君子以自强不息；地势坤，君子以厚德载物”，因为这句话就出自《周易》！

羑里城俯瞰图

邘国故城

gū guǎn dēng qīng　yě diàn jī háo　lǚ zhěn mèng cán

孤馆灯青，野店鸡号，旅枕梦残。

jiàn yuè huá shōu liàn　chén shuāng gěng gěng　yún shān chī jǐn　zhāo lù tuán tuán

渐月华收练，晨霜耿耿；云山摛锦，朝露漙漙。

shì lù wú qióng　láo shēng yǒu xiàn　sì cǐ qū qū cháng xiǎn huān

世路无穷，劳生有限，似此区区长鲜欢。

wēi yín bà　píng zhēng ān wú yǔ　wǎng shì qiān duān

微吟罢，凭征鞍无语，往事千端。

——苏轼·《沁园春》

沁阳
博物馆

窄涧谷
太平寺石窟

神农山
风景名胜区

你一定听说过大文豪苏轼吧！那一年，苏轼的弟弟苏辙在济南为官，苏轼就向朝廷请求，去离济南不远的密州任职。想当年，兄弟二人都有远大的抱负，决心像伊尹那样辅佐皇上，然而现实无情，兄弟二人都在官场中屡屡碰壁，以至于有壮志难酬的苦闷。

历史上曾有不少名人用过《沁园春》这个词牌名，除了苏轼这首《沁园春（孤馆灯青）》外，还有秦观的《沁园春（锦里繁华）》：

jǐn lǐ fán huá　é méi jiā lì　yuǎn kè chū lái　yì nà chǔ
锦里繁华，峨眉佳丽，远客初来。忆那处

yuán lín　jiù jiā táo lǐ　zhī tā bié hòu　jǐ dù huā kāi
园林，旧家桃李，知他别后，几度花开。

yuè xià jīn léi　huā jiān yù pèi　dōu huà xiāng sī yí cùn huī
月下金罍，花间玉珮，都化相思一寸灰。

chóu jué chù　yòu xiāng xiāo bǎo yā　dēng yūn lán méi
愁绝处，又香销宝鸭，灯晕兰煤。

《沁园春》名声在外，“沁园”这个地方也名气不小！据《后汉书·窦宪传》记载，沁园还有个全名，是“沁水公主田园”。你也许会问：沁水公主是谁？她原名叫刘致，是汉明帝的女儿。

据说沁水公主性情好静，非常得汉明帝的宠爱。这一年，公主要成婚了，为了给她的陪嫁宅院选址，汉明帝大伤脑筋：得找一个既适合公主的恬静性格，又离皇宫近的地方呀！选址的大臣踏遍了京城内外，终于在沁河北岸发现了一片竹林，这里北依太行山，南邻沁河，幽静而明朗，正是建造公主府的好地方！

选址后，汉明帝动用了千名劳工，日夜赶工，仅仅用了一个多月，便将沁园建成。据说，当时的沁园美到了极致，绿林滴翠，溪水流遍，点缀上几座精致细巧的亭台楼阁，简直是人间仙境！因此，后世将公主居住过的园林统称为“沁园”，以彰显园林之美。

沁园所在的位置就在今天的沁阳市境内。

说到《沁园春》，不得不提毛泽东那首著名的《沁园春·雪》了！

běi guó fēng guāng qiān lǐ bīng fēng wàn lǐ xuě piāo wàng cháng chéng nèi wài wéi
北国风光，千里冰封，万里雪飘。望长城内外，惟
yú mǎng mǎng dà hé shàng xià dùn shī tāo tāo shān wǔ yín shé yuán chí là xiàng
余莽莽；大河上下，顿失滔滔。山舞银蛇，原驰蜡象，
yù yǔ tiān gōng shì bǐ gāo xū qíng rì kàn hóng zhuāng sù guǒ fèn wài yāo ráo
欲与天公试比高。须晴日，看红装素裹，分外妖娆。
jiāng shān rú cǐ duō jiāo yǐn wú shù yīng xióng jìng zhé yāo xī qín huáng hàn wǔ
江山如此多娇，引无数英雄竞折腰。惜秦皇汉武，
lüè shū wén cǎi táng zōng sòng zǔ shāo xùn fēng sāo yí dài tiān jiāo chéng jí sī hán
略输文采；唐宗宋祖，稍逊风骚。一代天骄，成吉思汗，
zhǐ shí wān gōng shè dà diāo jù wǎng yǐ shǔ fēng liú rén wù hái kàn jīn zhāo
只识弯弓射大雕。俱往矣，数风流人物，还看今朝。

这首词作于 1936 年 2 月，当时，毛泽东率领红军抵达陕北清涧县袁家沟，准备渡河东征，开赴抗日前线。为了视察地形，毛泽东登上海拔千米、白雪覆盖的塬（yuán）地，当白雪皑皑的塬地展现在他眼前时，他感慨万千，诗兴大发，欣然提笔，

写下了这首豪放的词。

但这首词作成之后，一直没有公开发表。直到 1945 年，毛泽东从延安飞到重庆谈判时，在柳亚子的强烈要求下，亲笔书写了这首《沁园春 · 雪》赠予他。随即，这首词被发表在重庆的《新华日报》上，轰动一时！

古城墙一角

## 邘（yú）国故城

你听说过“古邘国”吗？根据《史记》《水经注》《河内县志》等记载，如今沁阳市西北的邘部（tái）村，曾是商代邘侯的封地。西周时期，因为邘侯外迁，周武王就将此地分封给他的儿子邘叔。

在邘国故城西北约 1 千米处，还有一座小城，据说是战国时期修筑的！这座小城的城门额上刻有“迎旭”“古邘国”等字，在几千年中，一直为古邘国实名“代言”！

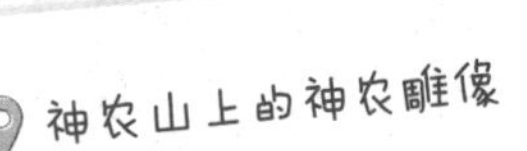

神农山上的神农雕像

## 神农山风景名胜区

神农氏你肯定不陌生，那你知道“神农山”吗？神农山位于沁阳市西北，太行山南麓，相传因神农氏在此播五谷、尝百草而得名。景区内有多处上古遗址，包括仰韶文化、龙山文化及夏商文化等，更有紫金顶、云阳河、仙神河、黑龙潭、白松岭、临川寺、悬谷山、尧舜路等景点，集北方风景的雄健与南方风景的秀丽于一体！

神农山纪元广场

## 窄涧谷太平寺石窟

窄涧谷太平寺石窟位于沁阳市西北，在悬谷山的一处峭壁上。这处摩崖造像现存三窟八龛，分别雕刻菩萨、佛僧、道士、天王像、金刚。令人惊奇的是，其中一窟的四壁雕刻的造像居然多达 1251 尊，且每个都有姓名！

窄涧谷太平寺石窟

## 沁阳博物馆

沁阳博物馆听上去虽然不够“霸气”，但是它的旧址——天宁寺可鼎鼎有名！天宁寺创建于隋代，那时名叫长寿寺，唐武则天时改名为大云寺，金代时才正式命名为天宁寺。

沁阳博物馆中有国家级文物——三圣塔，建于金大定十一年(1171 年)，距今已有 800 多年的历史，是“河南三大金塔”之首。三圣塔内是竖井式的方形通道，通道两壁有脚窝，可以攀登。要想登到塔顶，需要从通道来到九层，再从外部攀缘而上呢！

沁阳博物馆院中的三圣塔

# 第二站

## 忆三国旧地
## ——古今多少事，都付笑谈中

千古襄阳，
天岂肯、付之荆棘。

故垒西边，
人道是、三国周郎赤壁。

隆中

过隆中、
桑柘倚斜阳，禾黍战悲风。

荆州

荆州咫尺神州，
几番得失孙刘手。

滚滚长江不尽，叠叠青山无数，
千载揖高姿。

赤壁摩崖石刻

dà jiāng dōng qù　làng táo jìn　qiān gǔ fēng liú rén wù
大江东去，浪淘尽、千古风流人物。

gù lěi xī biān　rén dào shì　sān guó zhōu láng chì bì
故垒西边，人道是、三国周郎赤壁。

luàn shí chuān kōng　jīng tāo pāi àn　juǎn qǐ qiān duī xuě
乱石穿空，惊涛拍岸，卷起千堆雪。

jiāng shān rú huà　yì shí duō shǎo háo jié
江山如画，一时多少豪杰！

——苏轼·《念奴娇·赤壁怀古》

五祖寺

遗爱湖

没错，这次登场的依旧是大词人苏轼！在写这首《念奴娇·赤壁怀古》的时候，苏轼因“乌台诗案”被贬黄州已有两年。这天，他来到黄州城外的赤壁矶，看到壮丽的风景，不由想起自己当年的无限风光——就像三国时期的周公瑾一样！想到这儿，苏轼不由词兴大发，留下了这首绝唱。

来，坐稳了！让我们搭乘《念奴娇·赤壁怀古》这架“时空穿梭机”，返回赤壁之战的时代吧！

东汉建安十三年（208 年），曹操率二十几万大军南下，连克数城，与孙权和刘备的联盟军隔江对峙。情况紧急，战事一触即发！

可是一个大难题摆在曹操面前：他的士兵都是北方人，大多不擅长水战，一上船就东倒西歪，眩晕不已。为了解决士兵晕船的问题，曹操下令将战船相连，从而减弱风浪颠簸。这个措施果然见效，曹军战斗力大增。

然而，孙刘联军却洞悉了曹军“连环船”的弱点——一旦着火，就会殃及全军！他们派黄盖诈降曹操，然后准备了数十艘载满了火油和干柴草的小船，用布遮掩，上面插上小旗，趁着东南风驶向了曹操的营地。

小船快接近对岸时，曹操的士兵们纷纷来到甲板上，他们都想看看，这个前来投降的黄盖究竟是什么模样。

然而，令他们没有想到的是，黄盖突然下令点燃柴草！熊熊燃烧的小船顺风驶入了曹军的船阵，顿时，整个曹营陷入一片火海中。曹军一乱，孙刘联军立刻乘势攻击，一直将曹操追到了南郡。曹操见大势已去，只得率领残部打道回府了！

据说，得胜之后，周瑜举办了一场庆功宴。在宴会上，他拔剑起舞，边舞边歌："临赤壁兮，败曹公。安汉室兮，定江东。此山水兮，千古颂。刻二字兮，纪战功。"

歌罢，周瑜提剑，在悬崖上深深刻下了"赤壁"二字。

赤壁之战假想图

不过，也有人说，苏轼当年游览的赤壁根本就不是战争真正发生的地方，而是他自己搞错了！不过有了大名人苏轼的“代言”，黄州赤壁成为一个著名景点，也一直被人们津津乐道。秦观也在《念奴娇·赤壁舟中咏雪》中写道：

zhōng liú gǔ jí，làng huā wǔ，zhèng jiàn jiāng tiān fēi xuě。
中流鼓楫，浪花舞，正见江天飞雪。

yuǎn shuǐ cháng kōng lián yí sè，shǐ wǒ yín huái yì fā。
远水长空连一色，使我吟怀逸发。

hán qiào qiān fēng，guāng yáo wàn xiàng，sì yě rén zōng miè。
寒峭千峰，光摇万象，四野人踪灭。

gū zhōu chuí diào，yú suō zhēn gè qīng jué。
孤舟垂钓，渔蓑真个清绝。

你知道“赤壁”这个名字是怎么来的吗？这还要从汉朝说起。

汉高祖六年（前 201 年），在赤壁这个地方有一个姓梅的县令，他在调查境内山川河流时，发现了许多没有名字的地方。于是，他就找来陆水南岸的老道长——骆文聪，用阴阳五行和星宿，给这些地方起名。

骆文聪二话不说，立刻摆开罗盘推演起来：小城的正中央有座山属金，就叫“金紫山”；金紫山的东边有苍龙之象，就叫“石坑”；山南为朱雀之象，就叫“柳林”；西边为白虎之象，就叫“奎觜（kuí zī）”；北边有玄武之象，又是绝壁，本想叫作“玄壁”，但因汉朝崇尚赤色，因此改名为“赤壁”。

## 赤壁摩崖石刻

在前面的故事中，周瑜大败曹军后，把酒庆功，提剑在崖壁上刻下“赤壁”二字！不过你想，周瑜又不会飞，怎么能在悬崖上刻字呢！这两个字实际上是唐人题刻的，虽然经过了千年的风吹雨打，字迹至今仍清晰完整。

刻着“赤壁”二字的摩崖石刻

## 遗爱湖

900 多年前，被贬谪到黄州的苏轼给湖畔的一座小亭题名“遗爱亭”，亭边的湖泊便有了一个浪漫的名字——遗爱湖。遗爱湖位于黄州科技经济开发区西侧，曾被评为国家 AAAA 级旅游景区。

遗爱湖十二景之一——霜叶松风

遗爱湖的晚霞

## 五祖寺

五祖寺建于唐永徽五年（654 年），是中国禅宗五祖弘忍的道场，也是六祖慧能得法受衣钵的圣地。

相传弘忍选拔接班人的方法很别致，让弟子们各作一偈（jì），作得好就能成为接班人。弘忍的高徒神秀作偈说：“身是菩提树，心如明镜台。时时勤拂拭，勿使惹尘埃。”另一个徒弟慧能作偈：“菩提本无树，明镜亦非台。本来无一物，何处惹尘埃。”弘忍认为慧能的悟性高，神秀则略逊一筹，于是将慧能定为接班人。

五祖寺正门

襄阳古城

qiān gǔ xiāng yáng tiān qǐ kěn fù zhī jīng jí
千古襄阳，天岂肯、付之荆棘。

chén suàn dìng tú huí sān zǎi yì xīn jiān bì
宸算定、图回三载，一新坚壁。

láng wěn bù gān chūn shào nǜ mǎ tí yòu tà hán tān rù
狼吻不甘春哨衄，马蹄又踏寒滩入。

xiàng xià zhōu yì gǔ sǎo qún hú sān jūn lì
向下洲、一鼓扫群胡，三军力。

——李曾伯·《满江红·得襄阳捷》

鹿门山

米公祠

如果你读过金庸的《射雕英雄传》，那你对襄阳这个地名一定不陌生。在书中，襄阳城的命运和国家的命运紧紧联系在一起，在襄阳城内抗击敌军的场景，简直和李曾伯在《满江红·得襄阳捷》中描述的一模一样！

假如你生在三国时期，更会被襄阳的名气震惊到！汉末至魏晋期间，襄阳堪称“人才集中地”！那时，数以千计的士人纷纷来到襄阳，有诸葛亮、司马徽、庞德公、庞统、徐庶、崔州平等一批谋略精英，还有经学家宋忠、文学家王粲、书法家梁鹄、音乐家杜夔（kuí）等一批杰出人物。

《三国志》中有 18 卷提到了襄阳，《三国演义》中的司马荐贤、三顾茅庐、马跃檀溪、水淹七军、刮骨疗毒等故事也都发生在襄阳。看来襄阳不仅是人才的集中地，更是三国典故的集中地呢！著名词人陆游也在《水调歌头·多景楼》中赞美道：

lù zhān cǎo　fēng luò mù　suì fāng qiū
露沾草，风落木，岁方秋。

shǐ jūn hóng fàng　tán xiào xǐ jìn gǔ jīn chóu
使君宏放，谈笑洗尽古今愁。

bú jiàn xiāng yáng dēng lǎn　mó miè yóu rén wú shù　yí hèn àn nán shōu
不见襄阳登览，磨灭游人无数，遗恨黯难收。

shū zǐ dú qiān zǎi　míng yǔ hàn jiāng liú
叔子独千载，名与汉江流。

说到三国，必然要提关羽。有一次，关羽在攻打樊城（今襄阳市辖区）时右臂中了敌人的毒箭，便请名医华佗来为他治疗。看过关羽的箭伤后，华佗脸色凝重地说：

“如果要根治，就得把您的手臂绑在柱子上，我用刀把皮肉割开，刮去骨头上的毒，再敷上药，这才治得好。但这种疼痛不是一般人能受得了的！”

北京颐和园长廊彩画《关羽刮骨疗毒》

关羽笑着回答道：“先生不必担心，我不怕痛，也不需要将胳膊绑在柱子上。”说完，关羽叫人拿出一盘棋，说：“先生现在就请动手吧，我照样喝酒下棋。”

华佗听了关羽的话，沉默了一阵，接着取出一个脸盆、一把尖刀，一刀就将关羽的皮肉割开，露出骨头，并用娴熟的手法在他的骨头上来回刮动。刀刮骨头的声音嘎吱嘎吱作响，血很快流了大半盆，站在一旁的将士们见此情景，都吓得转过头去，不敢直视。可关羽却面如常色，继续一边喝酒，一边下棋，就好像什么事也没有发生一样。

过了一会儿，华佗放下刀，将药敷在关羽的伤口上，然后将伤口缝合。关羽大笑起来，对华佗说：“这条手臂果然可以保住了，先生真是神医啊！”华佗立即起身回答：“我行医一生，从未见过这种情景，您真是天神啊！”

说到这儿，你可能认为，襄阳城只是在三国时期颇有名望罢了！大错特错！

襄阳还孕育了楚国诗人宋玉，春秋时期政治家伍子胥，唐代诗人杜审言、孟浩然、张继和，宋代书画家米芾（fú）等一大批文人名士。这里的景色也格外迷人，诗仙李白曾在《襄阳曲》一诗中写道：“襄阳行乐处，歌舞白铜鞮。江城回绿水，花月使人迷。”

## 襄阳古城

我们曾说过，古代起名时，山南水北称为“阳”，山北水南称为“阴”。你来猜一猜，襄阳古城位于襄水的哪一面呢？实际上，襄阳古城三面环水，一面靠山，在古代是易守难攻的地方，这里至今仍留有全国最宽的护城河，因此也被称为“华夏第一城池”。

襄阳古城

## 米公祠

说到“米”姓的名人，你第一个想到谁？应该是宋代著名书法家米芾吧！没错，米公祠正是纪念米芾的祠宇，建于元朝，从清康熙三十二年（1693 年）开始，先后由米芾第十八代孙米瓒（zàn）、十九代孙米爵、二十代孙米澎重建。

米公祠内的画廊里，还陈列着“苏黄米蔡”的书法石刻百余块。什么，你问“苏黄米蔡”是谁？当然是宋代的四大书法家：苏轼、黄庭坚、米芾和蔡襄啦！

米公祠墨池雪景

米公祠中的银杏树，已经有 400 多年历史

山鹿门寺石牌坊

## 鹿门山

在襄阳城南，有座神秘的小山，名叫鹿门山，汉末名士庞德公、唐代著名诗人孟浩然和皮日休相继在此隐居。据说，当年诸葛亮就是在这里拜庞德公为师，并与“凤雏”庞统、“水镜先生”司马徽以及徐庶、崔州平等人共论天下大事。这样一看，把鹿门山当成三国文化的发祥地之一，也不为过！

鹿门山浩然书院

隆中书院

guò lóng zhōng sāng zhè yǐ xié yáng hé shǔ zhàn bēi fēng
过隆中、桑柘倚斜阳，禾黍战悲风。

shì ruò wú xú shù gèng wú páng tǒng chén liǎo yīng xióng
世若无徐庶，更无庞统，沉了英雄。

běn jì dōng jīng xī yì guān biàn qǔ qí gōng
本计东荆西益，观变取奇功。

zhuǎn jìn qīng tiān sù wú lù néng tōng
转尽青天粟，无路能通。

——王质·《八声甘州·读诸葛武侯传》

水镜庄

隆中十景

你读过《三国志》吗？北宋词人王质可是《三国志》的忠实粉丝！1000 多年前的某一天，王质读《三国志·蜀书·诸葛亮传》有感，写下了这首著名的《八声甘州·读诸葛武侯传》。他心中想：如果当初没有徐庶作保，为刘备引荐诸葛亮，恐怕也不会有诸葛亮的鼎鼎大名了吧！

可不是吗！那一年，刘备三顾茅庐，亲自请诸葛亮出山。有了诸葛亮的辅佐，刘备得到了荆州，继而又从刘璋手里夺取了益州，形成魏蜀吴“三分天下”的盛况。只可惜，由于荆州统帅关羽的失误，荆州重回孙权手中，导致北伐的通道只剩下川陕一条。

我们都知道，蜀道难，难于上青天呀！军粮哪能及时转运呢？因此刘备死后，诸葛亮屡次出兵北伐，都徒劳无功。诸葛亮病死于五丈原之后，蜀汉复国的希望终于化为泡影！如果你也读过《三国志》，一定能和王质产生共鸣！

据《三国志》记载，诸葛亮曾在隆中的草庐之中过了 10 年的隐居生活，直到刘备请他出山。诸葛亮走后，隆中也渐渐荒废。西晋李兴的《祭诸葛丞相文》中写道：“今我来思，觌（dí）尔故墟。”也就是说，当时的隆中故居，只剩下一片残垣断壁！

后来，人们建立了祭拜诸葛亮的祠堂，并在诗词中屡屡提到诸葛亮。正如张孝祥在《水调歌头·为总得居士寿》中写道：

lóng zhōng sān gù kè yí shàng yì biān shū
隆中三顾客，圯上一编书。
yīng xióng dāng rì gǎn huì yú shì liǎo huán qū
英雄当日感会，余事了寰区。
qiān zǎi shén jiāo èr zǐ yí xiào miǎo rán zī shì
千载神交二子，一笑眇然兹世。
què yuàn jià chái chē cháng yì huái nán àn gēng diào hùn qiáo yú
却愿驾柴车。长忆淮南岸，耕钓混樵渔。

提到诸葛亮，你首先想到的肯定是“三顾茅庐”的故事吧！汉朝末年，天下大乱，刘备听闻隆中有个隐士叫诸葛亮，十分有才，若能得到他的协助，就能获得千军万马一般的力量。

于是，刘备就带着礼物，和关羽、张飞一起去往隆中，请诸葛亮出山。然而，当刘备一行到达隆中的时候，诸葛亮恰巧出门了，他们只得失望地回去。

不久之后，刘备带着关羽和张飞再次来到隆中，不巧的是，这一次诸葛亮又外出闲游去了！张飞一见，心中十分生气，一边高声嚷嚷，一边催着刘备回去。刘备无奈，只好给诸葛亮留下一封信，表达自己的敬佩之情。

北京颐和园长廊上的彩画《三顾茅庐》

几天后，刘备决定再去请诸葛亮出山。为了显示自己的诚意，他斋戒沐浴了三天。但正当他准备出发时，关羽和张飞不干了！他们气呼呼地告诉刘备，诸葛亮也许只是徒有虚名，未必像传说中那么厉害，实在不用一而再、再而三地去吃闭门羹。

刘备听完两个结拜弟弟的抱怨，没有退缩，第三次带着他们前往隆中。来到诸葛亮家门前时，诸葛亮正在午睡。刘备不敢惊动他，于是三个人一直站在草庐门前，直到诸葛亮醒来才进入屋内。诸葛亮被刘备的诚意深深打动，决定出山辅佐他。

## 隆中书院

想了解《三国演义》中有关诸葛亮的更多典故吗？就来隆中书院吧！这里用沙盘、雕塑以及声光电形式解析了三顾茅庐、隆中对的细节，绝对让你“哇”出声来！

堂内还悬挂着书法大家启功先生亲手写的“奋进”二字，中堂上立有诸葛亮的《诫子书》片段：“夫学须静也，才须学也。非学无以广才，非志无以成学。淫慢则不能励精，险躁则不能治性。”

隆中书院

## 隆中十景

隆中十景早在明代就已经形成了，包括草庐亭、躬耕田、三顾堂、小虹桥、六角井、武侯祠、半月溪、老龙洞、梁父岩和抱膝石。

相传刘备第二次拜访时，曾在小虹桥上遇到了诸葛亮的老丈人。他看老人仙风道骨，还以为是诸葛亮本人，当即滚鞍下马，上前问候。

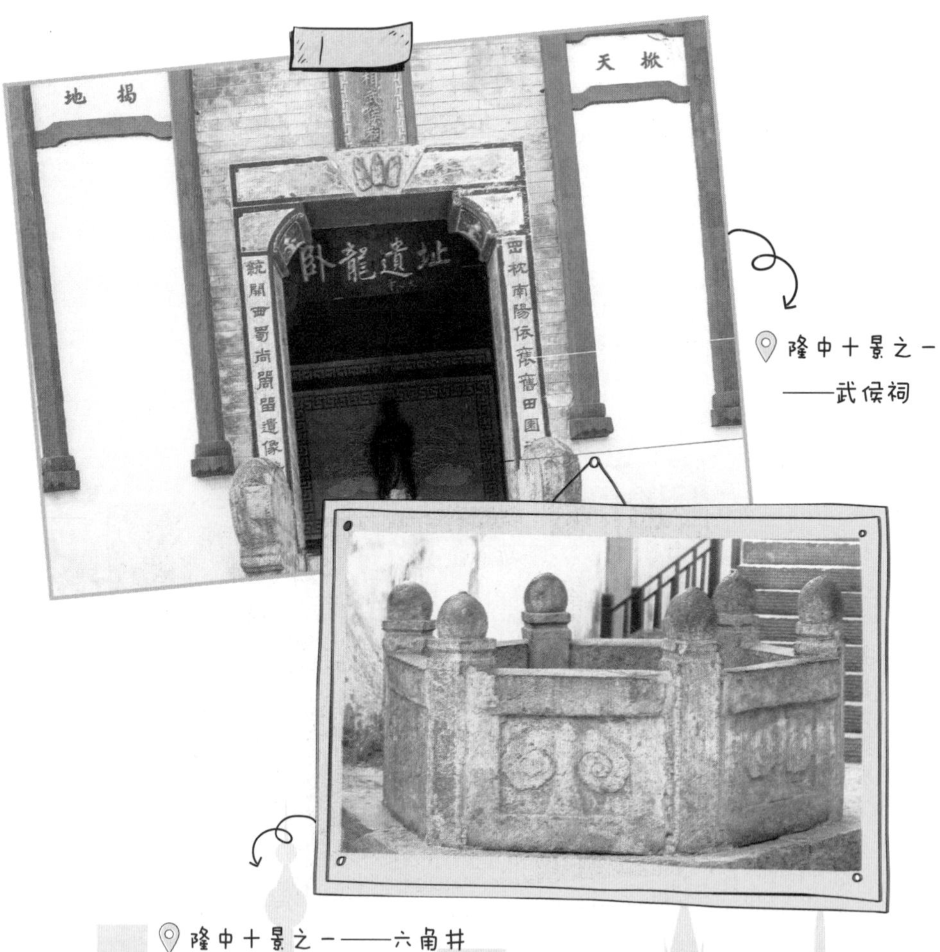


隆中十景之一——武侯祠

隆中十景之一——六角井

## 水镜庄

水镜庄是汉朝末年名士“水镜先生”司马徽的隐居地。公元 206 年，刘备来拜访司马徽，他便在此地推荐了诸葛亮，之后才有了三顾茅庐的故事。

水镜庄背倚玉溪山，山腰之上有一处天然石室，名叫白马洞，洞内刻有“洞天福地”的字样。山洞深 20 米，宽 10 米，净高 4 米以上，或许这正是当年司马徽消暑纳凉的好地方呢！

嵌在山上的白马洞

# 荆州

荆州古城

jīng zhōu zhǐ chǐ shén zhōu　jǐ fān dé shī sūn liú shǒu
荆州咫尺神州，几番得失孙刘手。

shān hé tiān xiǎn　dōng nán yǒu hù　yuè hé qīng shòu
山河天险，东南牖户，钺何轻授。

lèi luò bēi cún　hè guī chéng shì　bù kān huí shǒu
泪落碑存，鹤归城是，不堪回首。

xǐ dà dī cǎo sè　zhèn cháng chūn zài　yáng yǔ lù　shú néng fǒu
喜大堤草色，镇长春在，羊与陆、孰能否。

——李曾伯·《水龙吟》

张居正故居

荆州博物馆

前面我们讲了赤壁之战，你还记得吗？你准会问："赤壁之战后，又发生了什么事呀？"赤壁之战后，荆州七郡被刘备、曹操、孙权三家瓜分。曹操得到了荆州北部最大的南阳郡，孙权占据了江夏郡、南郡。可是刘备也想要南郡，怎么办呢？

他想了个办法——向孙权"借"！在鲁肃的劝说下，孙权暂时将南郡借给了刘备。现在，刘备就有了荆州的五郡——南郡、长沙、零陵、桂阳、武陵。

刘备依托荆州五郡，北抗曹操，东和孙权，建立了蜀汉基业。然而，如此重要的天险之地，最后却被关羽大意弄丢了！从此，蜀汉彻底和荆州说了"拜拜"，开始走下坡路。

也许你会问："荆州为什么这么重要呢？"《三国志》中说，荆州"北据汉沔，利尽南海，东连吴会，西通巴蜀"，因此，在诸葛亮的心目中，只有占据了荆州，刘备才能联吴抗曹、进击中原，最终成就霸业。

荆州地理位置如此重要，不仅刘备知道，其他人也知道！为了争夺荆州，大家绞尽脑汁，各显奇招，打成了一锅粥！你知道吗？刘备夺得荆州的真实过程，比书中描述得更加富有戏剧性！

赤壁之战后，刘备向朝廷推荐刘表的长子刘琦为荆州刺史，又推荐孙权为代理车骑将军，兼任徐州牧。这样一来，刘备就巧妙地卖给了孙权一个人情。

刘备和孙权共举一剑的雕像

不久，荆州刺史刘琦病逝，孙权为了还刘备的人情，向朝廷推荐刘备接替刘琦的职位。就这样，刘备达成了自己的心愿，拿到了荆州。

不过，夺荆州易，守荆州难！公元219年，关羽去攻打樊城，将荆州留给别人驻守。孙权听闻这个消息高兴坏了，他命吕蒙为大都督，趁关羽不在，率兵偷袭荆州。吕蒙将精兵都藏在大船内，命摇橹的士兵穿白衣，伪装成商人的模样，向西行进，然后出其不意急袭了荆州！

吕蒙占据荆州后，抚慰原先镇守此地的将士家属，不扰居民，并令陆逊向西直取夷陵、秭归，以阻拦刘备增援荆州，切断关羽入川的退路。果然，关羽率军回救荆州未果，只得败走麦城，继而被东吴的伏军所杀！

荆州不仅和三国“捆绑”，更作为春秋时期楚国都城闻名于世。没错，楚国的都城“郢都”正是我们说的荆州！当时在那里崛起了一个霸主——楚庄王。

相传，楚庄王熊旅即位三年以来，整天玩乐，不理朝政，并告诉大臣们：“但凡有敢劝谏者，杀无赦！”有一个名叫伍参的大臣实在看不下去了，就入宫参见楚庄王。伍参给楚庄王说了个谜语：“大王，听说有一种鸟，它落在南方的土岗上，三年不展翅，不飞翔，也不鸣叫，您知道这只鸟叫什么名字吗？”

楚庄王知道伍参是在暗示自己，就回答道：“三年不展翅，是在生长羽翼；不飞翔、不鸣叫，是在观察民众的态度。这只鸟不飞则已，一飞则要冲天；不鸣则已，一鸣则要惊人！你回去吧，我知道你的意思了。”

果然，过了不久，楚庄王就开始管理朝政，最后成为春秋五霸之一。

荆州古城上的宾阳楼夜景

## 荆州古城

荆州古城位于今天的荆州城内，你今天能看到的城墙，不是原来的样子，而是清朝顺治三年（1646 年）重建的！当时采用的是糯米 + 石灰浆的组合，粘连灌缝，土墙与砖墙相互依托。

白天我长这样！

## 荆州博物馆

荆州博物馆中的文物可不少！有旧石器和新石器时代的文物、东周时期的文物、秦汉时期的文物。比如著名的战国丝绸、四代越王剑、吴王夫差矛、战国秦汉漆器，还有中国最早的数学专著《算数书》以及萧和“二年造律”的《二年律令》等汉初简牍。

四代越王剑

荆州博物馆馆藏：神人操龙形玉佩

## 张居正故居

你知道张居正吗？他是明代政治家、改革家，被称为“宰相之杰”。张居正的故居位于荆州市古城的东大门内，因历史缘由，故居几次毁于战乱，之后又按原有建筑布局重建。张居正故居内包括大学士府、九鸟苑、陈列馆、文化艺术碑廊、首辅论政群雕等著名建筑。

张居正故居正门

张居正雕像

三峡大坝

jǔ sú ài chóng jiǔ　qiū zhì bù xū bēi
举俗爱重九，秋至不须悲。

dēng lín xī xián shèng dì　kōng kuì zhǔ rén shuí
登临昔贤胜地，空愧主人谁。

gǔn gǔn cháng jiāng bú jìn　dié dié qīng shān wú shù　qiān zǎi yī gāo zī
滚滚长江不尽，叠叠青山无数，千载揖高姿。

kuàng yǒu xián bīn kè　tóng zuì cǐ jiā shí
况有贤宾客，同醉此佳时。

——管鉴·《水调歌头·夷陵九日》

清江画廊风景区

柴埠溪大峡谷

考你一个小知识：阴历九月初九是什么日子？没错，就是重阳节！这年的重阳节，任峡州知州的管鉴在治所夷陵招待途经此地的范成大，兴致颇高。虽说“自古逢秋悲寂寥”，不过，有贤德的宾客、美酒及秋菊作陪，又有什么好忧愁的呢？管鉴满怀豪情，与客人谈笑风生、推杯换盏……

夷陵是什么地方？它如今叫宜昌，是巴楚文化发祥地之一，也是春秋战国时期楚国的军事重地。为什么要谈及“军事”呢？因为，夷陵这个名字第一次载入史册，是因为一场残酷的战争：秦将白起率兵进攻楚国，毁郢都，烧夷陵。

后来，秦始皇统一天下，夷陵被改名为巫县，直至西汉时才又恢复了旧名。三国时期，又是一场战争，让夷陵之名再一次被天下知晓——夷陵之战。它是三国时期“三大战役”的最后一场，也是决定蜀国命运的关键之战。

当时，也就是公元221年，刘备在蜀郡称帝。登基之后，他不听诸葛亮和赵云的劝告，急于为关羽报仇，带领大军攻打东吴。刘备本以为自己兵精粮足，能一举拿下东吴，可他万万没想到，这一次出征，竟然直接赔上了自己的性命！

刘备兴兵伐吴的时机很不好。天气十分闷热，蜀国到吴国的路途又多山难行，运粮十分不方便。将士们每天冒着烈日行军，身体一天不如一天。行到夷陵后，刘备再次不听劝告，将部队驻扎在树林茂密之处，又将军营前后相连，方便照应。然而，这个看似绝妙的办法，却恰恰成了蜀军的死穴！

东吴的将领陆逊看到这一情景，心中大喜，知道反攻的时机已经成熟。陆逊命令全体吴军，每人持茅草一把，乘夜突袭蜀军营寨，顺风放火。要知道，当时正值盛夏，天气闷热，蜀军的营寨又都是由木栅筑成，周围全是树林，一旦起火，肯定会烧成一片！果不其然，夜半时分，大火烧了起来。蜀军大乱，陆逊趁机发起反攻，刘备大军全线崩溃，不得不乘夜向夷陵西北方向逃去。

后来发生了什么？你也许已经猜到了，刘备无法接受惨败的结局，一病不起。次年4月，刘备在对夷陵之战的悔恨中，在白帝城病逝了。

除了战争，夷陵还有一个“标签”——桑蚕。夷陵是古老的桑蚕产地，《夷陵州志》《东湖县志》和《宜昌县志》中，都记载了这一带产垭丝和贡丝。说到蚕桑，还有一个有趣的小故事呢！

嫘祖养蚕雕塑

相传，黄帝的妻子嫘（léi）祖就是宜昌远安嫘祖镇人，是桑蚕发明人。从前，人们都用野兽的皮毛做衣服，穿着既不舒服，数量也很稀少，如何能找到做衣服的好原料呢？嫘祖绞尽脑汁，尽心操持，想让部落的人都能有衣服穿，后来因为过度疲劳病倒了！她每天茶不思饭不想，很快消瘦下去。

几个负责照顾嫘祖的女子决定上山去摘些野果，给嫘祖开开胃，结果有人带回来了一种白色的小果，没有什么味道，也咬不烂。她们将小果倒进锅里煮，没想到小果竟然散开了，变成很多头发丝一样的白丝！

嫘祖知道后，马上去看，接着她高兴地对大家说："这不是果子，却有大用处。你们无意之中为天下百姓立下一大功啊！"原来，这种白色小果是一种虫子口吐的细丝绕织而成的，这种虫子就是蚕。

从此，在嫘祖的倡导下，人们开始养蚕，并学会了用蚕丝做衣服。世人为了纪念嫘祖这一功绩，就将她尊称为"先蚕娘娘"。

每年的 3 月 15 日，相传是嫘祖的生日，嫘祖镇都会举行盛大的嫘祖文化节，纪念这位中华民族的母亲。

当然，夷陵的景色也是一绝，管鉴有这样一首赞美夷陵雪景的词——《水龙吟·夷陵雪作》：

xiǎo lái mì xuě rú shāi　wàng zhōng yíng chè hái rú xǐ
晓来密雪如筛，望中莹彻还如洗。

méi huā guò liǎo　dōng fēng wèi fàng　mǎn chéng táo lǐ
梅花过了，东风未放，满城桃李。

suì jiǎn qióng yīng　gāo lín dī shù　qiǎo zhuāng yún zhuì
碎翦琼英，高林低树，巧装匀缀。

gèng jiāng shān xiù fā　tián chóu qīng rùn　mǎn yǎn shì　fēng nián yì
更江山秀发，田畴清润，满眼是、丰年意。

三峡大坝全貌

## 三峡大坝

来到宜昌，当然要看看三峡大坝啦！三峡大坝位于宜昌市的三斗坪，整个水库长达600千米，是当今世界上最大的水利枢纽工程。悄悄告诉你：有一个地方能看到大坝的全貌，那就是坛子岭！

三峡大坝泄洪

## 柴埠（bù）溪大峡谷

要想体验“险”与“奇”，当然要去柴埠溪大峡谷！柴埠溪大峡谷是罕见的喀斯特地貌。其中最奇特的是大湾口的神笔峰，如一支御笔孤傲直立，上粗下细，屹立万年不倒。

柴埠溪大峡谷中的奇峰

当然，如果你的胆子够大，也可以“上天梯”。梯子口高悬着古老的石阶，从这里望出去，能看到蓝天一线的绝景。这里还有古老的土家民居、磨坊，让你体验不一样的生活与民风！

## 清江画廊风景区

清江是土家人的母亲河，它发源于利川市龙洞沟，流经恩施、长阳、巴东，在宜昌市注入长江。为什么要叫“清江”？当然是因为这里“水色清明十丈，人见其清澄”啦！清江两岸有独特的喀斯特地貌，湖内有很多翡翠般的岛屿，因此，清江也被人称赞为有“长江三峡之雄，桂林漓江之清，杭州西湖之秀”。

迷人的清江画廊

衡阳
塞下秋来风景异，
衡阳雁去无留意。
武陵
三十六陂人未到，
水佩风裳无数。
耒阳
如今憔悴赋招魂，
儒冠多误身。
第三站
看多情潇湘
——蓦然抬首，
今朝已是灯火辉煌地
郴州
郴江幸自绕郴山，
为谁流下潇湘去？
永州
水风轻、蘋花渐老，
月露冷、梧叶飘黄。

# 武陵

桃花源
景区

nàohóng yì gě jì lái shí cháng yǔ yuānyāng wéi lǚ
闹红一舸，记来时、尝与鸳鸯为侣。

sān shí liù bēi rén wèi dào shuǐ pèi fēng cháng wú shù
三十六陂人未到，水佩风裳无数。

cuì yè chuī liáng yù róng xiāo jiǔ gèng sǎ gū pú yǔ
翠叶吹凉，玉容销酒，更洒菰蒲雨。

yān rán yáo dòng lěng xiāng fēi shàng shī jù
嫣然摇动，冷香飞上诗句。

——姜夔·《念奴娇·予客武陵》

常德诗墙

花岩溪

姜夔来到武陵作客，很快就爱上了这里！每天，他都和两三个老友在水中荡舟，在荷花旁开怀畅饮，这种清雅的日子，简直就是神仙过的呀！到了秋天，湖水干枯，荷叶高出水面一丈左右，他们就列坐荷叶下，吹着凉凉的清风，看着荷叶如绿云般在水上起浮。有时，荷叶偶然分散，还能看见游人的画船，真是令人高兴呀！

你也许没听过“武陵”，但一定听说过陶渊明的《桃花源记》吧？第一句是怎么说的？“晋太元中，武陵人捕鱼为业。”看！这不就是“武陵”吗！据考证，文中的武陵就在今天的湖南常德地区，是一座洞庭湖畔的文化古城。

自古以来，武陵既是南北的交通枢纽，又是闻名遐迩的世外桃源，许多文人墨客对这里情有独钟，纷纷来此写下了流芳百世的诗词歌赋。孟浩然的《武陵泛舟》、司空图的《武陵路》等，都是歌颂美景的典范，因此，武陵渐渐有了一个响当当的名头——桃花源。

说到这里，就不得不讲讲陶渊明的《桃花源记》了！那是一个神乎其神的故事。

东晋太元年间，武陵有个人以捕鱼为生。有一天，他沿着溪水划船，划着划着便忘记了路程的远近。忽然，他遇到了一片桃花林，这片桃花林沿着溪流栽种，中间没有掺杂别的树。地面上的芳草鲜嫩美丽，树上的花瓣纷纷散落在地，繁多而纷乱。渔人对这片突然出现的桃花林感到十分诧异，他顺着桃花林继续往前行船，想要去往林子的尽头。

溪水边的桃花林，很有《桃花源记》中的意境

划着划着，渔人发现，桃花林的尽头正是溪水发源的地方，这里有一座山，山上有个小洞口，洞里隐隐约约透出一丝亮光。他下了小船，走进洞口。起初，洞口十分狭窄，仅能容纳一个人通过。渔人往前走了几十步之后，眼前便一下子开阔明亮起来，出现了一片小村庄。村里的土地平坦开阔，房屋整整齐齐。这里有肥沃的田地、美丽的池塘，还有许多桑树、竹林。田间小路交错相通，村与村

之间传来鸡鸣狗吠的声音。人们在田野里来来往往，耕种劳作，男男女女的穿戴都与外面不同，老人和小孩都在悠闲愉快地玩耍。

村里人看到渔人，都十分惊讶，他们问渔人是从哪里来的。渔人十分详细地回答了。村民听完回答，都纷纷热情地邀请渔人到自己家中，并准备酒，杀鸡做菜招待他。村里其他人听说有这样一个人，都跑过来看热闹。

人们告诉渔人，他们的祖先为了躲避秦时的战乱，率领妻子儿女和同县人一起来到这个地方，不再出去，从此就与世隔绝了。说完之后，大家问渔人现在是什么朝代，渔人回答完后，村民们面面相觑，他们竟然不知道外面的世界曾有过汉朝，更不知道曹魏和东西两晋。不得已，渔人又将外面的事情一件一件说给村民们听。听完他的话，大家纷纷感叹惋惜。

在桃花源中逗留几天后，渔人向村里人辞行。临行前，村民严肃地告诫他说："请不要将这里的情况告诉外面的人啊！"渔人点头发誓。

出来后，渔人找到他的船，沿原路返回，又沿途做上记号。到了郡城之后，渔人去拜见太守，报告了这番经历。太守立即派人跟着他去，寻找沿途的记号。然而，不知为何，他们在林中迷失了方向，再也找不到通往桃花源的路了！

这正如李之仪《南乡子》中描述的那样：

lèi yǎn zhuǎn tiān hūn qù lù tiáo tiáo gé jiǔ mén jiǎo shǔ mǎn pán wú
泪眼转天昏。去路迢迢隔九门。角黍满盘无
yì jǔ níng hún bú wèi dāng shí zé pàn hén
意举，凝魂。不为当时泽畔痕。

cháng duàn wǔ líng cūn gǔ lěng nán tóng yuè xià zūn qiáng fàn chāng pú
肠断武陵村。骨冷难同月下樽。强泛菖蒲
chóu lìng jié kōng qín fēng yè xiāo xiāo bù rěn wén
酬令节，空勤。风叶萧萧不忍闻。

## 桃花源景区

相传，桃花源景区就是陶渊明笔下的那个神秘山村，它在元代时毁于战火，到了明清时期才开始逐渐恢复。现如今，桃花源景区内有仙桃岭、桃花山、秦人村等景点，重现了《桃花源记》中的美景。此外，桃源县还将每年的 3 月 26 日定为“桃花节”，在这一天，你还能参加灯会、庙会等古老的活动呢！

桃花源古镇

## 花岩溪

在桃花源的隔壁，也有一处美景，那就是花岩溪！在这里，有引人入胜的层峦叠嶂，有闻名遐迩的五溪湖、龙凤湖，还零零散散地分布着一些小村庄。村子里空气清新、习俗古老，自古以来便是达官贵人以及文人墨客的隐居之地。来过这里，你便能更真切地体会到陶渊明笔下的意境了！

花岩溪俯瞰图

## 常德诗墙

在常德市区的沅江防洪大堤之上，有着长达 5 千米的诗词石刻，这就是常德诗墙。这些石刻是先秦以来有关常德的诗作和中外名诗，共 1530 首，由 1213 名书法家书写，集楷、行、隶、篆、草于一墙，其间还嵌刻了 43 篇精美的中外石壁画。你绝对猜不到，常德诗墙还被选入了吉尼斯大全，被称为“世界最长的诗书画刻艺术墙”！

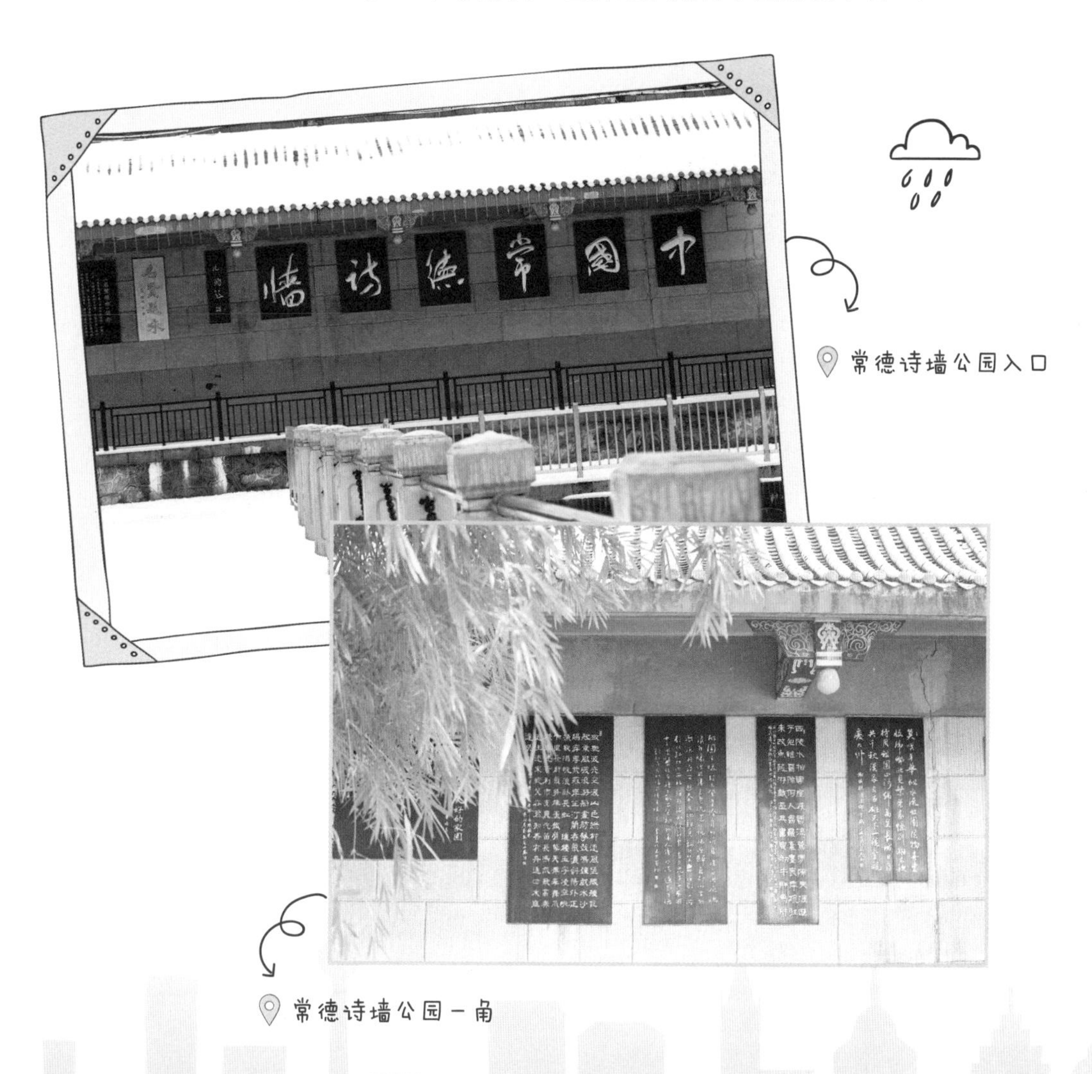

常德诗墙公园入口

常德诗墙公园一角

# 衡阳

石鼓书院

sài xià qiū lái fēng jǐng yì　héng yáng yàn qù wú liú yì
塞下秋来风景异，衡阳雁去无留意。

sì miàn biān shēng lián jiǎo qǐ　qiān zhàng lǐ　cháng yān luò rì gū chéng bì
四面边声连角起，千嶂里，长烟落日孤城闭。

zhuó jiǔ yì bēi jiā wàn lǐ　yān rán wèi lè guī wú jì
浊酒一杯家万里，燕然未勒归无计。

qiāng guǎn yōu yōu shuāng mǎn dì　rén bú mèi　jiāng jūn bái fà zhēng fū lèi
羌管悠悠霜满地。人不寐，将军白发征夫泪。

——范仲淹·《渔家傲·秋思》

衡阳保卫战纪念馆

衡山

塞下的秋天与中原可完全不同！四面八方传来悲壮的号角声，一群大雁向衡阳方向飞去，在那重重叠叠的群嶂中，烽火直冲云天，落日的余晖斜照在孤城上。惨啊！惨啊！驻守在此的将士，只能一边喝着浊酒，一边怀念远隔万里的故乡，可战争还没结束，什么时候才能回家呀！

你也许听过范仲淹的大名，大名鼎鼎的《岳阳楼记》就是他写的！可你知道吗，范仲淹还是个厉害的将军呢！宋仁宗时期，西夏是中原西北方向的强敌，范仲淹奉命镇守西北边疆，西夏敌军都很畏惧他，认为他“腹中有数万甲兵”。可惜那时朝廷腐败，打仗败多胜少，于是，范仲淹才怀着悲怆的心情，写了这首《渔家傲·秋思》！

自古以来，“衡阳雁”都是个著名的典故。传说，北方的大雁因惧怕寒冷，每年一到秋天，便会成群结队向南方迁徙，而它们最后的驻扎地，就是著名的古城——衡阳。

有人说，衡阳城的建造，与传说中的火神祝融有关。相传有一天，祝融来到衡阳，发现此地天有吉光，地有灵气，大喜过望，赶紧派人来勘山测水，并在衡阳选择吉地营造聚落。秦始皇统一中国后，将衡阳地域划为长沙郡内，而到了三国时期，因为此地位于衡山的南面，因此取名“衡阳”。

既然提到了衡山，就让我们来了解一下它吧！

衡山也被称为“南岳”。在古代，人们将天上的星星划分为不同的区域，称之为星宿。据史料记载，在道家的天宫二十八星宿中，南岳“宿当翼轸，度应玑衡，光辅紫辰，称物平施”，是“丈量衡地”的意思，因此南岳被称为“衡山”。

来，让我们继续说回衡阳！衡阳总会和“雁”“信”联系在一起，就像苏轼在《水龙吟》中说的那样：

xū xìn héng yáng wàn lǐ yǒu shuí jiā jǐn shū yáo jì
须信衡阳万里，有谁家、锦书遥寄。
wàn chóng yún wài xié xíng héng zhèn cái shū yòu zhuì
万重云外，斜行横阵，才疏又缀。
xiān zhǎng yuè míng shí tóu chéng xià yǐng yáo hán shuǐ
仙掌月明，石头城下，影摇寒水。
niàn zhēng yī wèi dǎo jiā rén fú chǔ yǒu yíng yíng lèi
念征衣未捣，佳人拂杵，有盈盈泪。

衡阳也被称为“雁城”。据闻，这里是大雁南飞的“终点站”，大雁们最爱聚集在回雁峰下的湘江对岸，而这一绝景，便是潇湘八景之一的“平沙落雁”。

南岳衡山第一峰——回雁峰

在衡阳城内，曾流传着一个有关大雁的故事：有一年冬天，一只雄雁被猎人射死了，与它相随的雌雁也一头撞死在山头上。群雁见状，纷纷在衡阳城上空盘旋，不断鸣叫，寒冬过了也不肯飞走。

县令只好贴出一张榜，招募能够驱逐大雁的人。一天，一位长者说："我听出大雁的叫声十分悲伤，肯定有人曾经射杀过它们。"县令得知情况后，惩罚了那个射杀大雁的猎人，又颁布了一条法令：从今以后，衡阳城内不准再有射杀大雁的行为。接着，他命人在回雁峰上雕刻大雁的塑像，立下石碑，又去雁峰寺焚香三日，那群大雁才飞走。

从此以后，每年大雁南飞的时候，飞到回雁峰就不再南去。人们都说，那是大雁在缅怀它们的同伴呢！

石鼓书院的七贤雕像

## 石鼓书院

中国四大书院有应天府书院、岳麓书院、白鹿洞书院和石鼓书院。石鼓书院是一座历经唐、宋、元、明、清的千年学府，这里地势峻峭，风景奇异，苏轼、朱熹等文豪大家都曾在此执教，此地也培养了曾国藩、彭玉麟及齐白石等名人。

衡山金刚舍利塔落日

## 衡山

你知道“五岳”是指哪些山吗？告诉你吧，是东岳泰山、西岳华山、南岳衡山、北岳恒山、中岳嵩山！其中，四岳都在长江以北，只有衡山地处长江以南。衡山有四绝：祝融峰、藏经殿、水帘洞和方广寺。

不仅如此，衡山还是著名的道教圣地，有道教的“洞天”和“福地”。来到这里，你就会发现，小说中奇妙的“洞天福地”并非虚构！

衡山之巅——祝融峰

衡阳保卫战的英雄雕像

## 衡阳保卫战纪念馆

踏访了衡山的古迹，我们再前往衡阳保卫战纪念馆，缅怀一下抗战时的国家英雄吧！

馆内的建筑是典型的湘南民居，其中展出的是 1944 年衡阳保卫战的抗战史料和实物，重现了当年衡阳军民英勇抗击日寇的壮举。

衡阳保卫战纪念馆外景

# 耒(lěi)阳

蔡伦竹海

shān qián dēng huǒ yù huáng hūn shān tóu lái qù yún
山前灯火欲黄昏，山头来去云。

zhè gū shēng lǐ shù jiā cūn xiāo xiāng féng gù rén
鹧鸪声里数家村，潇湘逢故人。

huī yǔ shàn zhěng guān jīn shào nián ān mǎ chén
挥羽扇，整纶巾，少年鞍马尘。

rú jīn qiáo cuì fù zhāo hún rú guàn duō wù shēn
如今憔悴赋招魂，儒冠多误身。

——辛弃疾·《阮郎归·耒阳道中为张处父推官赋》

蔡侯祠

南宋议和派当权后，排斥忠良，陷害贤能，辛弃疾抗金救国的理想就这样破灭了！他在调任湖南的途中，经过耒阳，抬头仰望，发觉夜色将至，山中风雨欲来，天空中浮动着低云。远处山村里还传来鹧鸪的叫声，仿佛在说“行不得呀哥哥”！

想当年，辛弃疾就好比三国时羽扇纶巾、指挥三军的周瑜，是多么潇洒呀！但现在却屡遭排挤，无人问津，难道就因为自己是个儒生，才会屡屡遭人迫害吗？想到此处，辛弃疾的心情又沉重起来。

耒阳市，是一个由衡阳代管的县级市。西汉高祖五年（前 202 年），因其地位于耒水之北，被命名为耒阳，至今已有 2200 多年的历史，有“荆楚名区”“三湘古邑”的美誉。

对于耒阳来说，辛弃疾词写得再好，也不过只是个“过路人”，而东汉时期的蔡伦，才是耒阳的“本地户”。传说中，耒阳中的“耒”字，是因为神农氏在这里“斫木为耜，揉木为耒”而来，这似乎也注定了耒阳必然会和“造纸”扯上关系。果然，这里出现了一位被世界历史铭记的人物，造纸术改造者——蔡伦。

蔡伦铜像

相传蔡伦就是耒阳人，13 岁那年，他入宫做了宦官，因为聪明好学，汉和帝的时候，升为中常侍，主管皇室器物的制作。

在工作中蔡伦发现，简牍、帛书搬运起来十分沉重，时常累得太监们腰酸背痛，腿都伸不直。而用来写字的丝绸太贵，不便于人们使用。于是，蔡伦决心制作出质轻价廉的纸张。

有一次，蔡伦在和朋友去往乡下的路上，发现一群小孩用木杆挑着水面上的沤（òu）变物嬉闹。蔡伦仔细观察，发现那些沤变物一离开水面，便迅速变干。他用手摸了一下，发现这些东西质地柔韧轻薄，于是便将水面上的沤变物都收集起来，带回宫中晾干。

第二天，蔡伦用黑色的颜料，在每块沤变物上写了一个字，拿给皇帝看。皇帝一见，非常高兴，就派蔡伦重返他发现此物的地方进行考察。蔡伦发现，这些沤变物是麻、布、棉絮、树皮等产生的，于是就地挖池沤制。

经过无数次试验后，蔡伦终于制造出了质地理想的书写材料——纸，这种纸也被人们称为“蔡侯纸”。直到今天，耒阳还有一个蔡侯祠，专门用来纪念蔡伦呢！

蔡伦造纸术示意图

不少词人歌颂过耒阳，侯寘在《凤凰台上忆吹箫·耒阳至节戏呈同官》中慨叹：

yù guǎn huī fēi　yún tái ěr bǐ　dōng jūn biāo yù　jiāng huán
玉管灰飞，云台珥笔，东君飙驭将还。

yòu zhèng shì　shuāng huā qiǎo jiǎn　méi fěn chū gān
又正是、霜花巧剪，梅粉初干。

yǎo tiǎo hóng chuāng　jì yǐng　tiān yí xiàn　zǔ xiù gōng xián
窈窕红窗髻影，添一线、组绣工闲。

xiāo xiāng hǎo　xuě yì shàng yáo　lǜ zhàn qún shān
潇湘好，雪意尚遥，绿占群山。

耒阳还有一个有趣的小故事，你想听吗？三国时期，庞统到了耒阳之后，心中闷闷不乐，三年不曾升堂理事，大小案件一律不判，耒阳的百姓对他百般不满。

刘备见状，立即派张飞去耒阳问个明白。于是张飞风风火火地来到耒阳，斥责庞统：“为何案件积压，三年不判？”庞统回答：“区区小事，何足为奇？将军明日再来，我定将所有案件都判罚清楚。”

第二天，张飞来到县衙后，发现公堂上跪着一大群人，争先恐后地要求诉讼。一时间，堂下如同炸了锅，几百张嘴同时开口，叽叽喳喳，张飞在堂上听得头昏脑涨，稀里糊涂。

庞统却一边听着诉状，一边有条不紊地断案。就这样，三年积压的官司，只花了三天就全部审理完毕！人们都称赞：“庞统的官司，三年积案三日清！”

见此情景，张飞断定庞统是个不世之才，在此当县令，确实大材小用了。于是，他赶忙回去告诉刘备。刘备立即派人将庞统接回身边，封为左军师。

蔡伦竹海的牌楼

## 蔡伦竹海

传说，蔡伦竹海是蔡伦研究并向人们传授造纸术的地方。现在，在竹海深处仍有两百多个用土法造纸的作坊呢！蔡伦竹海覆盖了 200 多个山头，是我国最大的连片竹海，被人们称为“亚洲大竹海”“天然大氧吧”。这里还有竹林、石林、鱼化石、洞穴等自然景观，并保留了西汉名相张良的归隐之地——张良洞、明代旅行家徐霞客考察时停留之处，还有清末名臣曾国藩筹粮募饷之地。

蔡伦竹海的观景楼

蔡伦竹海，目之所及，尽是茂林修竹

## 蔡侯祠

蔡侯祠是蔡伦的故居。《水经注》中记载：“（耒水）西北经蔡洲，洲西即蔡伦故宅，旁有蔡子池。”我们今天能看到的建筑是清代重修的，占地面积约 400 平方米，分为三进两院，前厅的三间是小青瓦顶，两侧有走廊，中轴为甬道，有屋盖与中厅相连，而中、后厅有三间建在山顶上，也有走道、甬道相连。

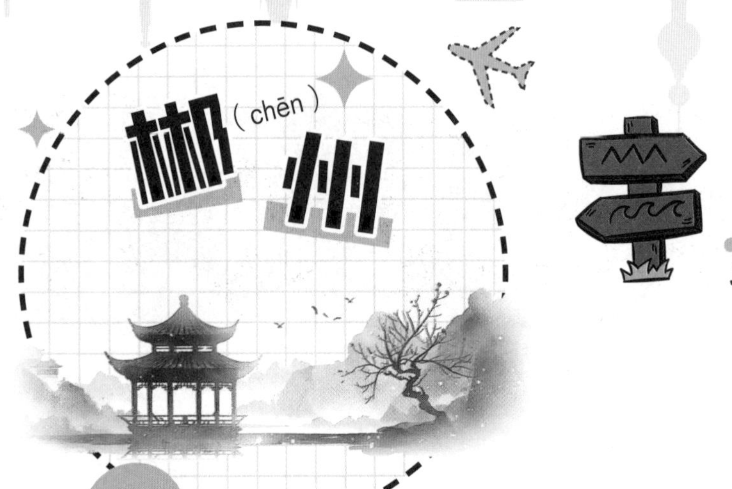

# 郴(chēn)州

三绝碑

wù shī lóu tái　yuè mí jīn dù　táo yuán wàng duàn wú xún chù
雾失楼台，月迷津渡，桃源望断无寻处。

kě kān gū guǎn bì chūn hán　dù juān shēng lǐ xié yáng mù
可堪孤馆闭春寒，杜鹃声里斜阳暮。

yì jì méi huā　yú chuán chǐ sù　qì chéng cǐ hèn wú chóng shù
驿寄梅花，鱼传尺素，砌成此恨无重数。

chēn jiāng xìng zì rào chēn shān　wèi shuí liú xià xiāo xiāng qù
郴江幸自绕郴山，为谁流下潇湘去？

——秦观·《踏莎行》

狮子坦

莽山

苏仙岭

秦观可要倒霉啦！公元 1097 年，北宋朝中新旧党争愈发严重，秦观被卷入这场斗争之中，接连被贬，最后来到郴州。秦观的心情极为郁闷，他抬头遥望远方，看见弥漫的雾气遮没了楼台，暗淡的月色蒙住了津渡。夕阳西下，听着门外的杜鹃声声悲啼，秦观的心情更加沉重了！

秦观抬眼望向郴江的方向，长叹一口气，心中不禁感慨："郴江啊郴江，你悠然自得地环绕着郴山，现如今又是为了何人，要流向潇湘的方向呢？"

尽管秦观对郴州这个地方有着诸多不满，但毋庸置疑的是，郴州因他的这首《踏莎行》而闻名于世。"郴"字最早见于秦代的典籍中，古时也称林邑，即林中之城。相传，早在远古时代，神农氏便在此制作耒耜，开启了郴州的农耕文化。

郴州小东江上的晨雾和渔夫

郴州也曾历经战火洗礼。汉朝时，高祖刘邦设立桂阳郡，郡治便在郴州。自那时起，郴州便成为南方重镇，成为湘南的经济、政治、文化中心。由于郴州重要的地理位置，它自古就是兵家必争之地。史书曾记载，项羽屠义帝于郴，赵子龙曾大战于此，洪秀全也曾屯兵郴州。

但历经战火的郴州，也是一个能带给文人万千灵感的地方。除了秦观的《踏莎行》以外，周敦颐也在此写下了“出淤泥而不染，濯（zhuó）清涟（lián）而不妖”这种流芳百世的佳句。当然，还有张孝忠的《杏花天》：

kàn huā suí liǔ hú biān qù sì xiè hòu shuǐ jīng gōng zhù
看花随柳湖边去。似邂逅、水晶宫住。
liú láng bǐ luò jīng fēng yǔ jiǔ shè shī méng xīn xǔ
刘郎笔落惊风雨。酒社诗盟心许。
yù guān wài bù cí mǎ wǔ biàn hǎo zhǎn yún xiāo wěn
玉关外、不辞马武。便好展、云霄稳
bù chēn jiāng zì rào chēn shān lù yù wèn gōng míng hé chù
步。郴江自绕郴山路。欲问功名何处。

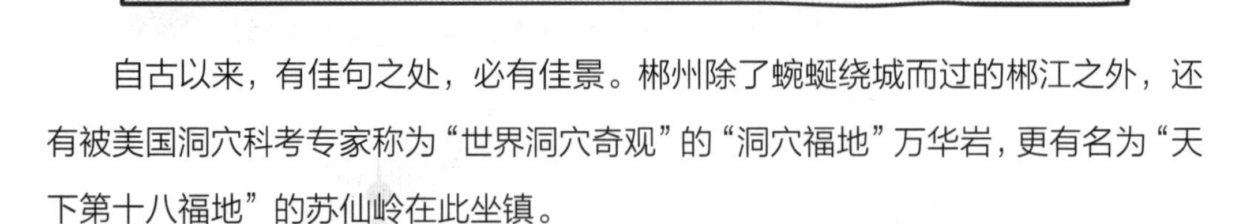

自古以来，有佳句之处，必有佳景。郴州除了蜿蜒绕城而过的郴江之外，还有被美国洞穴科考专家称为“世界洞穴奇观”的“洞穴福地”万华岩，更有名为“天下第十八福地”的苏仙岭在此坐镇。

你知道苏仙岭吗？那可是郴州最为神奇和美丽的地方！不仅自然山水风光久负盛名，更是一处隐匿在人间的洞天福地！苏仙岭山下的石山上，刻有许多“福”

字，是出自唐太宗以来十八代名君之手呢！你要是从这里经过，摸一摸、数一数福字，也会沾染福气呢！

苏仙岭上有一个苏仙观，关于它的来历，还流传着一则有趣的传说呢！相传，早在西汉文帝年间，有一户潘姓人家。有一天，16 岁的潘家姑娘来到郴江边上洗衣服，看到从上游漂来一根红丝线，潘姑娘将红丝线捞上来，却被它缠住了手指，怎么解也解不开。

情急之下，潘姑娘想用牙齿咬脱红丝线，不料红丝线却溜进了她的肚子里！不久，潘姑娘竟然怀孕了！她只好逃到附近的牛脾山桃花洞里，生下了一个男孩，给他取名苏耽。

潘姑娘就在桃花洞中将苏耽养大。洞中的环境十分艰苦，苏耽没有衣服，水池边的白鹤就用双翼覆盖着他；苏耽没有奶吃，一只白鹿就用自己的奶水哺育他。

苏耽长大后，一位异人传授给他仙术，最后修道成仙，乘鹤飞去。

人们听说了这件奇事之后，为了纪念苏耽，便把牛脾山改名为苏仙岭，把桃花洞改名为白鹿洞，并在苏仙岭顶上建造了苏仙观。直到今天，在苏仙岭山顶的升仙石上，还保留着苏耽飞仙时的最后一个脚印呢！

## 三绝碑

苏仙岭上的白鹿洞中，有一块著名的三绝碑，上面写着秦观的《踏莎行》一词。秦观作这首词的经过，你一定不陌生了吧？后来苏轼知道后，特意为他写了跋（bá）；著名的书法家米芾则把词和跋写下来，摹刻在了这里。这就是“三绝”。

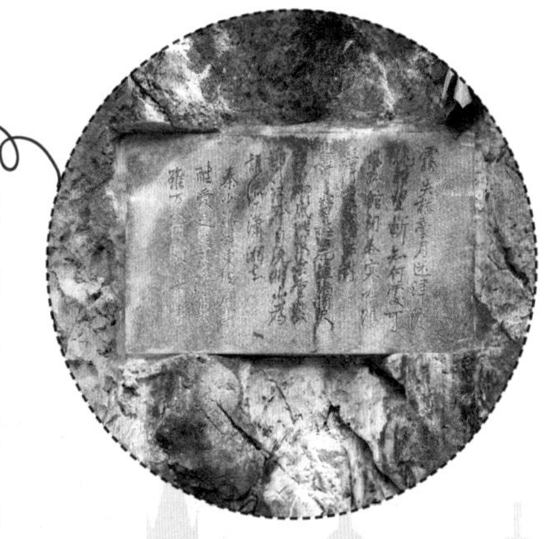

三绝碑上刻的《踏莎行》

## 苏仙岭

苏仙岭有白鹿洞、升仙石、望母松等仙迹，因此享有“天下第十八福地”“湘南胜地”的美称。西安事变后，张学良曾被幽禁于此，写下了“恨天低，大鹏有翅愁难展”的名句。这里主峰不高，只有 526 米，就算是小小的你，也能一口气爬上去！要来试一试吗？

白鹿洞

苏仙岭上的苏仙观

## 莽山

莽山的绝景佳境数不胜数，有飞流千尺的鬼子寨瀑布、令人头晕目眩的“万丈深坑”、端庄文静的“三姐妹”。还有各种各样形态的怪石，如“金鞭神柱”“将军石”“童子拜观音”“木鱼石”等。看过了这些怪石，你可以前往“天南第一峰”的猛坑石主峰上，站在峰顶，看看能否感受到“北望衡阳、南见韶关”的意境吧！

## 狮子坦

在郴州永兴，人们把有洞穴的地方称为“坦”。人们会在坦中靠着崖壁建房，这样就可以节省两堵墙啦！不过住房的形制，还是要因“洞”制宜哟！

明末清初之时，一些人为了逃避被抓壮丁和苛捐杂税，来到狮子坦定居。时至今日这里还有四户人家，他们传承了祖先日出而作、日落而息的生存方式，生活闲适自得。

# 永州

wàng chù yǔ shōu yún duàn píng lán qiǎo qiǎo mù sòng qiū guāng
望处雨收云断，凭阑悄悄，目送秋光。

wǎn jǐng xiāo shū kān dòng sòng yù bēi liáng
晚景萧疏，堪动宋玉悲凉。

shuǐ fēng qīng píng huā jiàn lǎo yuè lù lěng wú yè piāo huáng
水风轻、蘋花渐老，月露冷、梧叶飘黄。

qiǎn qíng shāng
遣情伤。

gù rén hé zài yān shuǐ máng máng
故人何在，烟水茫茫。

——柳永·《玉蝴蝶》

你猜，柳永喜欢秋天吗？绝对不！你看，他正凭栏远眺，心情越来越沉重！昔日好友如今不知已去往何方，眼前除了一片烟水之外，再无他人相伴。当年与好友们一起填词赋诗的日子多快乐呀！令人神往的潇湘在何方？天上的轻燕能不能传递思念之情？柳永深深叹了口气。

你知道吗？柳永苦苦思念的潇湘，就在今天的湖南省永州市，因潇水和湘江在那里汇合，因此有了这样的雅称。南宋诗人陆游就曾写下“挥毫当得江山助，不到潇湘岂有诗”，戴复古的《行香子·永州为魏深甫寿》也描述了这如诗如画的美景：

wàn gǔ cuī wéi， èr shuǐ lián yī。 cǐ jiāng shān、 tiān xià zhī qí。 tài píng<br>
万古崔嵬，二水涟漪。此江山、天下之奇。太平<br>
qì xiàng， bǎi xìng xī xī。 yǒu wén zhāng gōng， jīng lún shǒu， bǎ zhōu huī。<br>
气象，百姓熙熙。有文章公，经纶手，把州麾。<br>
mǎn zhēn shòu jiǔ， xiào niǎn méi zhī。 guǎn nián nián、 cháng jiàn huā shí。 jiā<br>
满斟寿酒，笑捻梅枝。管年年、长见花时。佳<br>
rén xiū chàng， qiǎn jìn gē cí。 dú wú xī sòng， yú gǔ jì， dàn yán shī。<br>
人休唱，浅近歌词。读浯溪颂，愚谷记，澹岩诗。

不过，在永州，最令人惊叹的，还是那世界上独一无二的江永女书。

江永女书是一种由女性创造、供女性专用的文字，仅在永州江永的上江圩（xū）一带流传。它还是目前世界上唯一发现的性别文字呢！女书的字体呈斜菱形，其作品多为五言、七言诗体。江永的女子，用自己创造的文字，诗一般的语言，记录了闺中生活的点点滴滴。

女书传女不传男，代代如此，因此即便是当地的男人，也无法了解这些文字的意思。自古以来，江永的女性不能上学读书，也就不识字，于是，她们便在织布绣花图案的基础上，共同创造了这种文字，把自己的苦难经历记下来。

不过，由于江永有着“人死书焚”的习俗，如今流传下来的女书作品并不多见。不过，你可以走进江永的女书文化村，去一览那神奇的古文字呀！

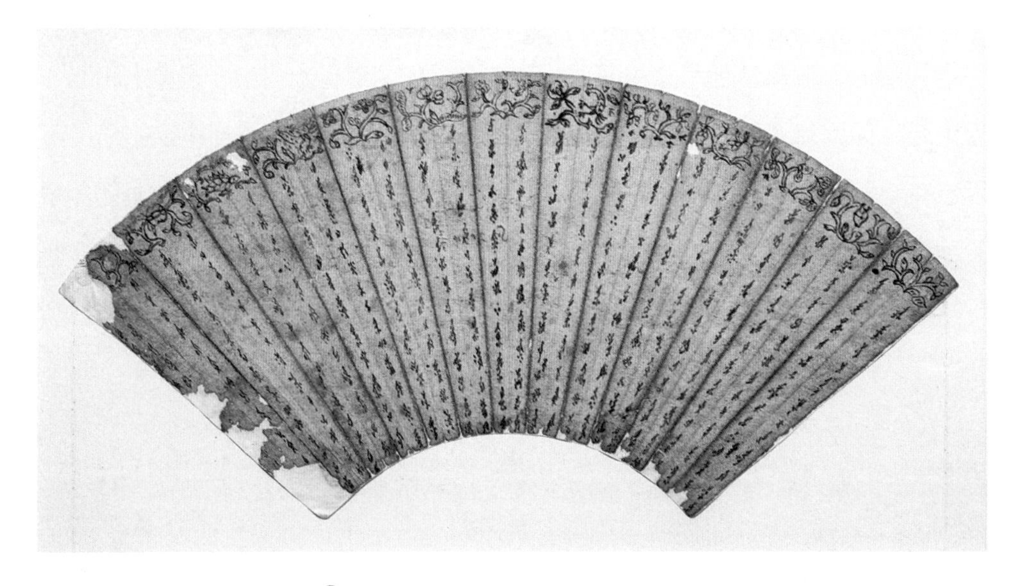

女书扇面，现存于湖南省博物院

还有一篇著名的古文与永州有关，那就是柳宗元的《捕蛇者说》。永州郊外有一种奇特的蛇，黑色的底色、白色的花纹，奇毒无比。据闻，任何草木碰见这种蛇都会枯萎，任何人被这种蛇咬上一口只能等死。

不过，这种蛇却是极好的药材，将它晒干后，可以用来治愈麻风、手脚蜷曲、脖肿、恶疮等。因此，皇帝下令征集这种蛇，供太医院使用。地方官府也下令，只要能够捉到这种蛇，就可以用来抵租赋，永州的百姓都争着干这差事。

《捕蛇者说》中的蛇是剧毒的五步蛇

有一天，柳宗元碰见一个姓蒋的农夫，他们家三代都是以蛇抵赋。他看到柳宗元，悲伤地说："我爷爷因捕蛇而死，我父亲也是一样。我干这差事十二年了，有好几次也差点儿死掉！"

柳宗元听后，十分怜悯他，就说："我打算去告诉主管官，让他更换你的差事，恢复你的租赋，你看怎么样？"

没想到，姓蒋的农夫不仅没高兴，反而哭了起来："我干这差事遭受的不幸，远不如恢复租赋所遭受的不幸。我家来到这个地方已经 60 年了，其间，乡亲们的生活一天比一天窘迫。大家就算把所有的粮食拿出来，也无法交齐租赋，他们只能迁徙到外地，有的在半路上就饿死了！而我却由于捕蛇存活下来。现在，我一年当中冒死的情况只是两次，而其余的时间都可以过上平安快乐的日子。哪像我的乡邻们天天都有死亡的危险。我怎敢怨恨这差事呀？"

柳宗元听了他的话，十分痛心，他想起孔子说过的一句话："苛政猛于虎。"他曾经怀疑过这句话的真实性，但现在看见了蒋氏农夫的遭遇，方知这句话一点不假。于是他提笔写下了这篇《捕蛇者说》，为人民诉说生活的疾苦。

阳明山中的万和湖

## 阳明山

传说，很久以前这里云雾缭绕，也没有名字。有一对孪生兄弟，哥哥叫郑一郎，弟弟叫郑二郎。他们来到这里后，使出了浑身解数，也无法闯进这云雾缭绕的山里。

于是兄弟二人便摆下祭坛，向玉皇大帝祷告。他们祈祷了三天三夜，终于感动了玉皇大帝。玉皇大帝将太阳神派到了这里，将一盏天灯挂在这片土地的上空，并把这里命名为“阳明山”。

阳明山杜鹃花开

## 江永

江永是一片古老而神奇的土地，古称永明，秦时立县，县内有瑶族古都——千家峒（dòng）、千古字谜——江永女书、千年古村——上甘棠。这里民风淳朴，瑶家习俗浓厚，盘王节、尝新节、敬鸟节、斗牛节等节日仍然盛行，节日活动丰富多彩。

江永的上甘棠古村落

## 永州古战场

在这里，千家峒的瑶胞们曾与官兵发生过一场激烈战斗。古战场四面均为海拔千米以上的大山，山下峒口只容一人通过，只要守住了峒口，就“一夫当关，万夫莫开”。不过，这里最神奇的是一块石头，人们称它为“誓师石”，也叫“巨掌石”。它像一只向天起誓的大手掌，象征着无穷的力量和必胜的信心。

瑶族古民居

自景阳钟断，
馆娃宫闭，冷落心知。

东南形胜，三吴都会，
钱塘自古繁华。

记长堤画舫，
花柔春闹，几番携手。

# 叹婉约江南

## ——人间天堂纵安逸，无忘故国零星地

忆苕溪、
寒影透清玉。

雅爱金华仙洞，一派苍崖飞瀑，
四序景常新。

# 临安

钱王陵

dōng nán xíng shèng　sān wú dū huì　qián táng zì gǔ fán huá
东南形胜，三吴都会，钱塘自古繁华。

yān liǔ huà qiáo　fēng lián cuì mù　cēn cī shí wàn rén jiā
烟柳画桥，风帘翠幕，参差十万人家。

yún shù rào dī shā　nù tāo juǎn shuāng xuě　tiān qiàn wú yá
云树绕堤沙，怒涛卷霜雪，天堑无涯。

shì liè zhū jī　hù yíng luó qǐ　jìng háo shē
市列珠玑，户盈罗绮，竞豪奢。

——柳永·《望海潮》

浙西大峡谷

天目山大峡谷

临安可真繁华呀！柳永由衷地感叹道：“这里应该足有10万户人家吧！看那市场上的珠宝玉器、绫罗绸缎，真是无限奢华呀！”重重叠叠的山岭清秀美丽，秋天有漫山桂花，夏天有十里荷花。柳永想：“如果有一日，我能升官回到朝廷，一定要向人好好夸赞这里的美景！”

据说，柳永的这首《望海潮》还引起了不小的麻烦呢！这首词传到金国，金国的皇帝完颜亮垂涎临安的富饶，居然产生了南下进攻此地的愿望！

公元1161年，完颜亮亲自带兵南侵，史书称“兵号百万，毡帐相望，钲（zhēng）鼓之声不绝”。不过金人的南侵遭到了南宋军民的奋勇抵抗，完颜亮兵败采石矶，不久之后又被部将们缢杀。他因为一首词发动伐宋战争，却最终兵败身死，着实具有戏剧性。

那时，临安的商肆遍及全城，“自和宁门杈子外至观桥下，无一家不买卖者”。在这样繁华的温水中，南宋的官民也逐渐变成了被煮的青蛙，逐渐丧失了北伐金人、收复失地的想法。正如李弥逊在《江神子·临安道中》说的那样：

mèng zhōng běi qù yòu nán lái bǎo fēng āi bìn huá shuāi fú mù fēi péng
梦中北去又南来。饱风埃。鬓华衰。浮木飞蓬，

zōng jì wèi shuí cuī zì xiào zì bēi hái zì wù yì bēi jiǔ bí rú léi
踪迹为谁催。自笑自悲还自误，一杯酒，鼻如雷。

xiǎo yú xíng chù jué chūn huí xiè qióng guī shēn méi tái bìng yǎn chōng hán
晓舆行处觉春回。屑琼瑰。糁莓苔。病眼冲寒，

yù bì yòu hái kāi jìn shuǐ rén jiā lí luò pàn yáo rèn dé yì zhī méi
欲闭又还开。近水人家篱落畔，遥认得，一枝梅。

柳永说“钱塘自古繁华”，这能追溯到吴越国王钱镠（liú）时期。钱镠出身贫穷，年轻时还做过盐贩。后来，浙西镇守将领董昌见他是个人才，就将其纳入麾下当部将。黄巢起义时，钱镠居然用一小股兵力就保住了临安城，唐朝皇帝认为他于社稷有功，就封他做这里的节度使。

钱王祠前的钱镠雕塑

或许因为早年“穷怕了”，钱镠当官之后，便大摆阔绰。他不但盖起了豪宅，还在出门的时候，无论远近，都要骑马坐车，由士兵护送。这一切被钱镠的父亲看在眼里，他对钱镠的做法很不满，却又不便直言。于是，每次钱镠出门的时候，他都刻意避开儿子的车马，决不与其碰面。

钱镠对父亲的举动很不解，于是来到父亲家中，询问缘由。

父亲语重心长地对他说：“我家世世代代都是靠打渔种庄稼过活，没出过有钱有势的人。现在你的地位高，周围又都是敌对势力，恐怕我们钱家今后要遭难了！”

钱镠闻言，顿时冷汗直冒。他知道，那时地方军阀割据，战争频发，钱镠所镇守的临安只是个小地方，北方比他强大许多的势力不胜枚举。从那以后，钱镠做事小心翼翼，只求保住临安这块地盘。

一天夜里，钱镠为了考察将士们是否尽忠职守，就穿上便服，溜出城外，等城门关闭之时，看看是否还能进城。

城门关闭后，钱镠站在北城外高声喊叫：“我是大王派出去办事的，现在急着要回城，请你速开城门！”然而，守北门的士兵却回答：“夜深了，别说是大王派的人，就是大王亲自来，也不能开。”

钱镠见北门不能进城，又绕到了南门，南门的士兵问都没问，直接让他进城了。

天亮之后，钱镠将管北门的士兵找来，夸赞了一番，并加以赏赐。对南门不守命令的士兵，则狠狠责罚了一顿。就这样，靠着赏罚分明、小心谨慎的作风，钱镠将临安治理得井井有条，并一次又一次躲过了战乱。

## 钱王陵

钱王陵是唐末五代吴越王钱镠的陵墓，坐落于浙江临安区的锦城太庙山上。背靠太庙山，与功臣山遥遥相对，其左右更有龙虎两山合抱，风水极佳。钱王陵区内筑有牌坊、钱王祠、州祠、凌烟安国楼等景点。可别小看了钱王陵，这可是浙江省内唯一保存完好的帝王陵墓哟！

钱王陵中的钱王祠

## 天目山大峡谷

在天目山大峡谷，你能看到一片奇特的石谷地貌，奇石、飞瀑、碧潭、冰川遗迹在此组成了美妙而又壮观的山野长廊。在这里，还有

天目山大峡谷的长木廊

华东地区唯一的火山口。这个火山口因为“数宗最”，曾屡次被列入吉尼斯世界之最呢！包括：全世界数量最多的火山岩巨石奇观、最长的火山岩溪、最长的木长廊以及最长的花岗岩火烧板山坡游步道！

## 浙西大峡谷

浙西大峡谷位于清凉峰国家级自然保护区内，整个峡谷共分三个景段，第一景段是从龙岗地塔到鱼跳八仙潭，名为“龙井峡”；第二景段是从鱼跳华光桥到上溪太子尖，名为“上溪峡”，是国宝鸡血石的唯一产区；第三景段是从太子尖到马啸狮石垅村，名为“浙门峡”，有各式形态的飞瀑。

浙西大峡谷俯瞰图

# 灵岩

木渎古镇

dàn qiū fēng　nián yòu yì　nián shēn　bù jīn cháng nián bēi
但秋风、年又一年深，不禁长年悲。

zì jǐng yáng zhōng duàn　guǎn wá gōng bì　lěng luò xīn zhī
自景阳钟断，馆娃宫闭，冷落心知。

qiān shù xī hú yáng liǔ　gèng guǎn bié rén lí
千树西湖杨柳，更管别人离。

kàn qǔ mào líng kè　yí qù wú guī
看取茂陵客，一去无归。

——刘辰翁·《八声甘州·和萧汝道感秋》

穹窿山

天平山

灵岩山

一样的秋天，“同款”的悲伤。在苏轼、柳永之后，刘辰翁也站在秋风中，抒发对于寂寥秋日的感慨！灵岩山上，夫差为西施所建的馆娃宫不再开启，景阳钟也不再敲响，只有湖边上的杨柳静静伫立，见证着人间的别离事啊！

你也许没听说过灵岩山上的馆娃宫吧？那可是悲伤的象征！春秋时期，吴王夫差在灵岩山为西施建成此宫，本以为能讨得美人欢心，却不料自己落得国破家亡的境地！

那时，吴越打了一场大战，越国大败，越王勾践和大夫范蠡（lǐ）被押到吴国做人质，囚禁在灵岩山的石室之中。为了获取夫差的信任，他们向夫差献上美女西施。夫差大喜过望，立刻为西施在灵岩山上建造行宫，铜钩玉槛，奢侈无比。因为吴人称美女为“娃”，行宫就被称为馆娃宫。

馆娃宫是个好地方，灵岩山也非同一般。山上有一块灵芝石，十分奇特，灵岩山因此而得名。除此之外，山上有种深紫色的石头，不光好看，还可以制砚呢！

后来，勾践回国，励精图治。几年后，他卷土重来，一举击溃了吴国，并将这富丽堂皇的馆娃宫付之一炬，烧成断壁残垣。虽然后世人屡次重建，但要想还原馆娃宫当时的华丽绝美，只能靠我们的想象了！

正因如此，高观国在《酹（lèi）江月·灵岩吊古》中慨叹道：

wàn yán líng xiù　gǒng chóng tái fēi guàn　píng líng qiān chǐ
万岩灵秀，拱崇台飞观，凭陵千尺。
qīng qìng yì shēng lián mù lěng　wú fù gōng wá xiāo xī
清磬一声帘幕冷，无复宫娃消息。
xiǎng xiè láng kōng　cǎi xiāng jìng gǔ　chén tǔ chéng yí jì
响屧廊空，采香径古，尘土成遗迹。
shí jiān sōng lǎo　duàn yún kōng suǒ chóu jì
石间松老，断云空锁愁寂。

说完了吴国，我们转过头来看看越国。吴越之间的“世仇”其实早就种下了，越王勾践曾和吴王阖闾（hé lǘ）打过一场激烈的大战，阖闾在战场上被越国大将砍去了一个脚趾头，回去之后因伤势过重，不治而亡。

他的儿子夫差继承王位后，为报杀父之仇，发愤图强，最终打败了越国，将越王勾践和他的家眷都抓来吴国为奴，把他们囚禁在灵岩山的石室里。为了羞辱勾践，夫差专派他做奴仆的脏活累活。为让夫差放松警惕，勾践表面上装出忠心顺从的样子：夫差出门时，勾践就给他牵着马；夫差生病时，勾践便在床前尽力伺候。夫差看他对自己如此忠心，于是不顾大臣的极力反对，将勾践放回了越国。

回到越国后，勾践立志报仇雪耻。他唯恐国内的安逸消磨了志气，就把床上的席子撤去，用柴草当褥子。他还命人在梁上挂上一个苦胆，每次吃饭之前，先舔一舔这个苦胆，边舔边问自己：“你忘了在吴国时的耻辱了吗？”

就这样，在勾践的不懈努力之下，越国渐渐恢复了强盛。公元前475年，越王勾践做好了充分准备，大举进攻吴国。由于越国兵力强盛，吴国接连打了败仗，吴王夫差被逼得走投无路，只好自杀了。

木渎古镇的落日美景

## 木渎（dú）古镇

木渎古镇位于苏州城西南方向，相传，夫差在为西施修建完馆娃宫后，又在紫石山上加建姑苏台，因工程庞大，源源不断的木材堵塞了山下的河流港渎，而木材堵塞的这个地方，便被唤作木渎。

你知道游览木渎古镇的最佳方式是什么吗？那一定是乘着乌篷木船顺水而行啦！一路上，你能看到气派豪华的严家花园、乾隆下江南时的民间行宫——虹饮山房，就好像进入了一幅写意山水画中一般！

木渎古镇严家花园

## 灵岩山

游过木渎古镇再往西行，直接去灵岩山看看吧！我们之前说过灵岩山名字的来历，你还记得吗？没错，就是因为那块神奇的灵芝石！在山上，有一条砖石小径蜿蜒至山顶，相传这是康熙当年走过的御道！

灵岩山上的灵岩寺

## 天平山

在苏州城的市郊，还有一座“吴中第一山”——天平山。天平山海拔不高，仅有201米，但它山势峭峻奇险，是北宋名臣范仲淹先祖的归葬之地。整座山以红枫、奇石、清泉三绝著称，山腰有口白云泉，泉水甘洌醇厚，相传茶圣陆羽品尝之后，将其评为“吴中第一水”。此外，每到深秋时节，天平山上的红叶若红霞缭绕，蔚为壮观，被誉为“天平红枫甲天下”。

天平山的红枫

穹窿山孙武文化园的冬季夜景

## 穹窿山

穹窿山风光旖旎，气势雄伟。如果你站在山的南坡，向远处眺望太湖风光，便会看见湖光浩瀚，渔帆点点，七十二峰犹如出没云际一般，美如画卷。穹窿山不仅以美景闻名，它还是古代大军事家孙武的隐居地！据闻，孙武在此写出了中国历史上的第一部兵书——《孙子兵法》！

穹窿山的朝霞、日出和云海

# 溧(lì)阳

南山竹海

qiān lǐ xíng qiū zhī qióng bèi jǐn dùn huái qīng yǒu
千里行秋，支筇背锦，顿怀清友。

shū xiāng jù shǒu ài yín yóu zì shī shòu
殊乡聚首。爱吟犹自诗瘦。

shān rén bù jiě sī yuán hè xiào wèn wǒ wéi niáng zài fǒu
山人不解思猿鹤，笑问我、韦娘在否。

jì cháng dī huà fǎng huā róu chūn nào jǐ fān xié shǒu
记长堤画舫，花柔春闹，几番携手。

——张炎·《月下笛·寄仇山村溧阳》

天目湖

瓦屋山

在一个萧瑟的秋季里，张炎拄着拐杖，步履蹒跚地走着。忽然，一个隐士问他：“昔日那个名叫韦娘的女子，现在还在吗？”这句话让张炎陷入了回忆中。自己本是个世家公子，当年曾坐在画舫中，多次与美人携手同游。但现在家道败落，他孤零零一个人，人老体乏，四处飘零！

张炎出身世家，年轻时曾过着承平贵公子的生活，诗酒为乐。到 1276 年元兵攻破临安，他的祖父被元人所杀，家财悉数被抄没，他便落魄下来，四处漂泊。但落魄之后，张炎多年的文人习性却并未改变，他恃才傲物，几乎日日在花前饮酒，写诗填词，人们评价他：“鼓吹春声于繁华世界，能令后三十年西湖锦绣山水，犹生清响。”

张炎漫游吴越时在溧阳还写过一篇词作——《新雁过妆楼》，小序介绍：“乙巳菊日，寓溧阳，闻雁声，因动脊令之感。”

biàn chā zhū yú　rén hé chù　kè lǐ dùn lǎn xié hú
遍插茱萸。人何处、客里顿懒携壶。

yàn yǐng hán qiū　jué sì mù yǔ xiāng hū
雁影涵秋，绝似暮雨相呼。

liào dé céng liú dī shàng yuè　jiù jiā bàn lǚ yǒu shū wú
料得曾留堤上月，旧家伴侣有书无。

màn jiē yù　shù shēng yuàn yì　fān zhì wú shū
谩嗟吁。数声怨抑，翻致无书。

据史料记载，东汉著名音乐家蔡邕（yōng）曾隐居在溧阳观山、黄山湖一带，据说他曾在这里一农家的灶膛内，抢救出了一段尚未烧完的青桐木，并依据这段青桐木的长短、形状，制成了一张七弦琴，琴音奇绝美妙。因为琴尾留有烧过的焦痕，就被称作焦尾琴。

弹奏古琴图

至今，溧阳的观山一带仍有片片青桐，在观山与羡山之间的一座小山上，还有蔡邕读书台的遗址。

除了与乐器有着不解之缘，溧阳历史上还有另一位名人——孟郊。孟郊的《游子吟》你一定不陌生吧？

cí mǔ shǒu zhōng xiàn　yóu zǐ shēn shàng yī
慈母手中线，游子身上衣。
lín xíng mì mì féng　yì kǒng chí chí guī
临行密密缝，意恐迟迟归。
shuí yán cùn cǎo xīn　bào dé sān chūn huī
谁言寸草心，报得三春晖！

孟郊或许不曾想到，他因感恩慈母关怀所作的这首《游子吟》，在1000多年后举办的一次“最受欢迎的唐诗评选”中，竟然名列榜首！

在司马迁的《史记》、袁康的《越绝书》和赵晔（yè）的《吴越春秋》中，都曾记载了这样一件事：

春秋年间，楚平王冤杀了伍子胥的父兄，伍子胥一怒之下逃出楚国，投奔吴国而去。当他路过如今溧阳境内的濑水边时，又饥又饿。他在水边看见一个浣纱的姑娘，于是就向这个姑娘讨口吃的。

姑娘见伍子胥一副风尘仆仆的样子，便回到家中，拿食物给他充饥。伍子胥感激涕零，吃饱喝足之后，又嘱咐她说：“如果后面有追兵赶来，请千万不要说出我的行踪！”

然而，令伍子胥没有想到的是，这位姑娘为了表明自己绝对不会将这个秘密说出去的决心，居然在伍子胥走后，抱着一块石头，投河自尽了！

伍子胥逃到吴国之后才听说了这个消息，心中悲痛万分。几年后，他再次来到溧阳境内，让人准备了三斗三升金瓜子，撒进了濑江之中，以报答姑娘的承诺。

而后，伍子胥打听到这位姑娘姓史，便在她投河的地方建了一座庙，名为史贞女庙。

## 南山竹海

在溧阳南部的山区里，有一处令人神往的世外桃源——南山竹海。这里不仅有万亩竹海，更有距今 2500 多年的春秋时期古兵营遗址。在南山竹海一旁，有国内目前唯一一个体现寿文化的主题广场——寿星广场，它背靠南山竹海，暗喻不老南山！

竹海

竹海中的水榭

## 瓦屋山

瓦屋山被称为鸽子花的故乡、杜鹃花的王国。这里群山起伏，云雾缥缈，山涧清冽，泉水潺潺，山下水库湖面如镜。瓦屋山自古便是旅游胜地，李白、汤显祖等历代名家都曾在此留下美丽诗篇。明代汤显祖就曾在《溧阳洞山》中写道："瓦屋如云春作花，华阳绛气属青蛇。中开百尺仙人掌，摇漾金光落紫霞。"

瓦屋山峡谷瀑布

## 天目湖

天目湖是江浙一带的名湖，它距溧阳市区仅 8 千米，由于位于天目山余脉，因此被称作天目湖。整个景区内坐落着沙河、大溪两座国家级大型水库，这里水甜、茶香、鱼头鲜，是为天目湖"三绝"。你如果去的话，可要好好尝一尝！

天目湖秋色

# 湖州

安吉

cēn cī zhú　chuī duàn xiāng sī qǔ

参差竹。吹断相思曲。

qíng bù zú　xī běi yǒu lóu qióng yuǎn mù

情不足，西北有楼穷远目。

yì tiáo xī　hán yǐng tòu qīng yù

忆苕溪、寒影透清玉。

qiū yàn nán fēi sù　gū cǎo lǜ　yīng xià xī tóu shā shàng sù

秋雁南飞速。菰草绿。应下溪头沙上宿。

——张先·《忆秦娥》

莫干山

南浔古镇

你见过用竹子做的短笛吗？张先就有一支，他还用这只笛吹了一首相思曲呢！可是相思又有什么用？他思念的那个人呀，远在苕溪之畔，要想和她说上话，只能让秋雁送信啦！没办法，张先只好长叹一声，放下了手中的短笛。

你也许听过一句俗语：“上有天堂，下有苏杭，”但却不知道还有下半句呢！——“上有天堂，下有苏杭，湖州宛在天堂中央。”没错，在仙境般的苕溪之畔，有一个不可不提的城市——湖州。元代戴表元也在《湖州》一诗中说：“山从天目成群出，水傍太湖分巷流。行遍江南清丽地，人生只合住湖州。”

公元前 248 年，春申君黄歇在这里筑城，取名菰（gū）城县。到了隋朝，因此地在太湖之滨，改名为湖州。湖州文明而富饶，有“丝绸之府、鱼米之乡、文物之邦”之称。这里是世界丝绸文化发祥地之一，在钱山漾遗址出土的蚕丝织物，有 4700 多年的历史，是迄今为止发现的世界上历史最悠久的蚕丝织物之一呢！

不过，你绝对想不到，湖州清秀的风光中，竟然孕育出了无数骁勇善战的男儿！湖州有个吴兴区，是项羽起兵反秦的起点，也是东吴政权的发祥地。吴兴人自古好战，尤其崇拜项羽。

湖笔

可不要以为这里的人都是“大老粗”，湖州人既能武，也能文！湖州盛产毛笔，称为“湖笔”，这种笔制作精湛、品质优异，其特征是笔端有一段整齐而透明发亮的湖颖，因此人们都说“湖颖之技甲天下”！

湖州的美，正像苏轼在《南歌子·湖州作》中形容的那样：

shān yǔ xiāo xiāo guò　xī qiáo liú liú qīng　xiǎo yuán yōu xiè zhěn pín tīng
山雨潇潇过，溪桥浏浏清。小园幽榭枕蘋汀。

mén wài yuè huá rú shuǐ　cǎi zhōu héng
门外月华如水、彩舟横。

tiáo àn shuāng huā jìn　jiāng hú xuě zhèn píng　liǎng shān yáo zhǐ hǎi mén qīng
苕岸霜花尽，江湖雪阵平。两山遥指海门青。

huí shǒu shuǐ yún hé chù　mì gū chéng
回首水云何处、觅孤城。

你知道吗？湖州还有关于龙的传说呢！据说，在很久很久以前，苕溪边有个荷花村，村里住着一对青年夫妇，男的叫百叶，女的叫荷花。有一年，荷花怀孕了，可是过了两年，孩子都没有生下来！夫妻俩等呀，等呀，一直到第 999 天，才生下一个男孩。

百叶抱着孩子仔细一瞧，立刻吃了一惊：“呀！这孩子身上怎么长着细细的龙鳞呢？一共有 999 片！竟然是个龙种！”

消息立即传遍了村子，村民们都来道喜。可老族长心里却犯了嘀咕：“得到龙种，是不是就能得到天下呢？”于是，他便来到百叶家，想抢走孩子。

百叶提前得到了消息，将孩子放在盆里，悄悄藏到门前的荷花池中。老族长赶来后，没有找到龙种，一气之下将百叶杀死，又把荷花抢到了自己家里。

荷花失去了丈夫和孩子，整日悲伤不已。有一天，她来到荷塘边淘米，忽然一阵凉风吹来，荷叶纷纷倒向两边，她一眼就看到了坐在盆里的儿子！荷花又惊又喜，连忙给儿子喂饱奶水，再放回盆中，继续藏在荷花池里。

就这样，过去了 999 天，荷花的儿子渐渐长大，身上的龙鳞也开始变成金色的。不过，这件事情被老族长发现了！一天傍晚，他偷偷尾随着荷花，来到水池旁边，看到了那个满身金色龙鳞的孩子。说时迟，那时快，老族长从一旁窜了出来，举起钢刀直向孩子砍去！

眼看钢刀就要落下了！只见孩子从盆里跳了起来，化成一条小金龙，向池中跃去。不过，那一刀还是砍中了小金龙的尾巴。小金龙长吟一声，飞入云端，翻起一阵龙卷风。龙卷风将老族长卷到半空中，抛得无影无踪。

荷花看见儿子化成金龙，焦急地大声呼喊，但金龙已经飞得无影无踪。据说，自此之后，苕溪两岸每逢干旱，小金龙就会来行云布雨。当地百姓为了感谢它，就从荷花池中采下 999 朵花瓣，制成一条花龙。因为花瓣数量不到一千叶，所以取名为“百叶龙”。

## 安吉

安吉县素有“中国竹乡”之称，这里有世界上散生、混生竹种最为齐全的安吉竹博园，还曾是《卧虎藏龙》《像雾像雨又像风》等影视剧的外景拍摄地呢！

安吉历史悠久，人文气息浓郁，自古以来人才辈出。南朝梁文学家吴均、著名林学家陈嵘、近代艺术大师吴昌硕都是来自这里哟！

安吉的竹林栈道

## 南浔古镇

南浔古镇是江南六大古镇之一。这里有小莲庄、嘉业堂藏书楼、明清古建筑群、古桥之乡双林镇、善琏镇等富有灵气的江南古迹。其中，小莲庄是清光绪年间南浔首富刘镛的私家园林，善琏镇则以制作精良的湖笔闻名全国。

南浔古镇入口的牌匾与雕塑

古镇水景

## 莫干山

莫干山属天目山余脉，这里的美景可以用“三胜竹、云、泉，三宝绿、净、静”来形容。其中，“三胜”指竹胜、云胜、泉胜；“三宝”指绿宝、净宝、静宝。来到这里，你可以去逛一逛风景秀丽的芦花荡公园、荡气回肠的剑池飞瀑、史料翔实的白云山馆等游览胜地。

剑池飞瀑

莫干山的彩虹路

# 金华

八咏楼

niàn shēng píng　xǐ kuàng dá　shì yōu xún

念生平，喜旷达，事幽寻。

dēng lín shū xiào　wéi yǒu fēng yuè shì zhī yīn

登临舒啸，惟有风月是知音。

yǎ ài jīn huá xiān dòng　yí pài cāng yá fēi pù　sì xù jǐng cháng xīn

雅爱金华仙洞，一派苍崖飞瀑，四序景常新。

xiá xiǎng chì sōng zǐ　lái wèi xǐng chōng jīn

遐想赤松子，来为醒冲襟。

——曹冠·《水调歌头》

诸葛八卦村

横店影视城

曹冠是一个旷达超脱的人，飘逸一生，喜欢寻幽探奇，登山临水，不羡慕人世间的功名利禄，清风和明月都是他的知音。他在金华仙洞中欣赏飞瀑与悬崖，遐想能够与神仙赤松子相逢，这该是多美好的事情呀！

曹冠词中所说“雅爱金华仙洞”，金华的确是一个钟灵毓（yù）秀的地方。假如你坐车从杭州前往金华，途中会穿越数个山洞，然后在高山峻岭之中突然看到一座现代化的城市，就好似现代版的《桃花源记》一般。

在历史上，金华究竟属于哪里？它在春秋时期属于越国，战国后期属于楚国，秦汉时期属于会稽郡，三国时期属于扬州。直到南朝时期，才正式改名为金华郡。那时，因古人夜观星象，发现此地正处于金星与婺（wù）女分野争华的地方，故此名为金华。

金华市是一座名副其实的山水城市，城外南山和北山相峙，气势雄伟；义乌江和武义江在金华城南汇流为一，如玉带蜿蜒绕城。当然金华最著名的当属“双龙洞”了！明代的徐霞客曾根据这里“外有二门，中悬重幄，水陆兼奇，幽明凑异”的独特景观特点，将双龙洞列为“金华山八洞”的第一位呢！

双龙洞分内、外两洞，外洞高大明亮，能容纳数千人！外洞与内洞之间，有一条低矮的水道，你要想进去，就得躺在小船上，扁扁地“滑”进去。小心，可千万别抬头！不然会被岩石擦破鼻子呢！这还真是如韩元吉《减字木兰花·次韵赵倅》中所说：

> fēng shū yǔ xǐ，yù quē qióng lóu hé chù shì。wàn lǐ qiū róng，
> 风梳雨洗，玉阙琼楼何处是。万里秋容，
> huàn qǐ cháng é jiǔ wèi zhōng。
> 唤起嫦娥酒未中。
> xiāng féng qiě zuì，máng lǐ tōu xián zhī yǒu jǐ。kuàng zì fēng nián，
> 相逢且醉，忙里偷闲知有几。况自丰年，
> xū xìn jīn huá bié shì tiān。
> 须信金华别是天。

假如你是一个吃货，提到金华一定会流下口水的！因为著名的“金华火腿”就是这里的特产！相传北宋末年金兵南下时，有位宗泽将军，他在家乡义乌招了一支“八字军”，每个士兵的脸上都刺有“赤心报国，誓杀金贼”八个字。

“八字军”攻无不克，战无不胜，不仅令金兵胆寒，也让朝中的奸臣心惊。他们篡改了“八字军”士兵们的家书，诬陷宗泽谋反。“八字军”的亲人们读了家书后，都很吃惊。

晾晒金华火腿

宗泽的表哥听到这个消息，对乡亲们说：“宗泽从小就正直仗义，现在有人说他谋反，我绝不相信。大家请帮我准备一些粮食，我亲自去打探

一下！”

于是，乡亲们便杀了一头猪，给宗泽的表哥准备粮食。不过路上用了很长时间，再加上日晒雨淋，宗泽的表哥害怕猪腿在路上坏掉，就在上面擦上了一层盐。

火腿切片

一路上，宗泽的表哥问了许多人，知道所谓“宗泽谋反”完全是胡编乱造的事。等他来到宗泽的军营时，刚好是元宵佳节，于是，他就将用盐腌过的猪腿作为礼物，送给士兵们。

士兵们吃着猪腿肉，只觉得“色、香、味、形”俱佳，个个乐得合不拢嘴。从那以后，金华的百姓便照着这个样子将猪腿腌起来，过一段时间再吃。这就是金华火腿的来历啦！

## 八咏楼

李清照曾作过一首诗，名为《题八咏楼》：“千古风流八咏楼，江山留与后人愁。水通南国三千里，气压江城十四州。”而这八咏楼，就在金华城区的东南角。八咏楼面临婺江，首建于南朝时期，后来几番毁于战火，明清时再次重建。

八咏楼外景

横店影视城中的
秦王宫古代战车

## 横店影视城

横店影视城是亚洲最大的影视拍摄基地，又被称作“东方好莱坞”。整个影视城内共有八大景区，分别是秦王宫景区、清明上河图景区、江南水乡景区、大智禅寺景区、广州街香港街景区以及明清宫苑、屏岩洞府景区、明清民居博览城。这里一年四季都有各大剧组在拍戏，如果想偶遇明星，不妨来碰碰运气吧！

横店影视城中的明清宫苑

## 诸葛八卦村

传说，这个村子里住着诸葛亮的后代子孙。据村中老人讲述，八卦村的整体布局，是诸葛亮的第 27 代嫡孙按照九宫八卦图设计的，因此整个村子以中心池塘为核心，有八条小巷延伸向外，此为内八卦。而村外也正有八座小山环绕，为外八卦。村中的建筑都是明清古居，现虽已历经几百年，依旧完好。

诸葛八卦村俯视图

诸葛八卦村中打铁花

密州
锦帽貂裘，
千骑卷平冈。
青州
金桃带叶，玉李含朱，
一尊同醉青州。
济南
济南何在暮云多，
归去奈愁何。
第五站
望齐鲁大地
——膏壤千里的文化胜地
莱州
好把音书凭过雁，
东莱不似蓬莱远。
蓬莱
晓云开。
睨仙馆陵虚，步入蓬莱。

# 青州

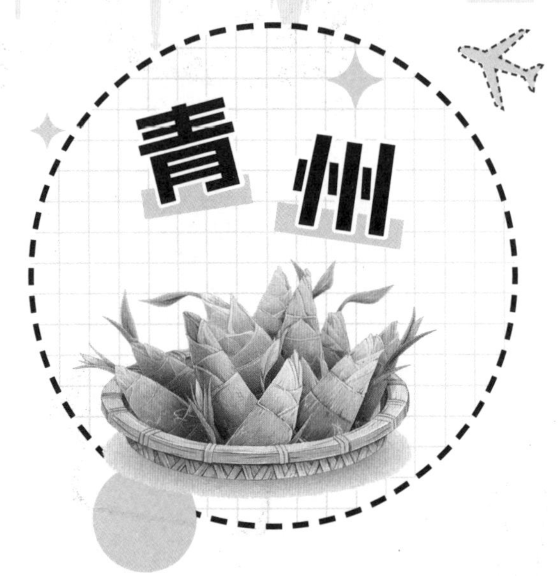

昭德古街

jí yǔ huí fēng　dàn yún zhàng rì　chéng xián xié kè dēng lóu
急雨回风，淡云障日，乘闲携客登楼。

jīn táo dài yè　yù lǐ hán zhū　yì zūn tóng zuì qīng zhōu
金桃带叶，玉李含朱，一尊同醉青州。

fú shàn qiáo tóu　jì tán cáo qī jué　chūn sǔn xiān róu
福善桥头。记檀槽凄绝，春笋纤柔。

chuāng wài yuè xī liú　sì xún yáng shāng fù lín zhōu
窗外月西流。似浔阳、商妇邻舟。

——杨无咎·《长相思》

范公亭公园

偶园

急雨过后，天终于放晴啦！杨无咎带着客人登上高楼，他准备了新鲜的桃子、甜美的李子，与客人一同畅饮。醉意中他回忆起了在福善桥头邂逅的一个弹琵琶的女子，当时凄美的乐声、女子纤柔的手指都让他难以忘怀。

“醉青州”是古代文人诗词中很常用的一个典故，出自《世说新语》：桓温手下有一个特别善于评酒的主簿，桓温有酒就会让他品尝，若是好酒，他就称之为“青州从事”，因为青州有个齐郡，“齐”与“脐”同音，意思是好酒的酒力能一直到达脐部。苏东坡也在《真酒》中说：“人间真一东坡老，与作青州从事名。”

青州的历史比我们想象中的还要悠久。传说大禹治水后，按照山川河流的走向，把全国划分为青、徐、扬、荆、豫、冀、兖（yǎn）、雍、梁九州，青州是其中之一，名字的由来则是“盖以土居少阳，其色为青，故曰青州”。古代的青州，起自渤海以南、泰山以北，涉及河北、山东半岛。现在的青州市是山东省潍坊市下辖的县级市。

青州历史上有许多著名人物，如贾思勰（xié）、范仲淹、李清照等。青州城中有一个“范公亭公园”，就是为了纪念范仲淹而修建的呢！

在古代，为官之人到了青州后很有仪式感，都会去拜一拜这里的第一清官——范仲淹。传说，范仲淹在青州任职时，时逢大旱，他便日日为民请命祈雨。有一天，他来到澧（lǐ）泉亭旁边，一脚踏下去，踏出了一股甘洌的泉水。这样神奇的事情，你相信吗？

著名女词人李清照也在青州留下过不少传说！那一年，她和丈夫赵明诚来到青州，在归来堂居住。据说，夫妇二人很有雅兴，时常互相出题、饮茶取乐，一人说出一个条目，另一人要答出该条目在某架某书某卷第几页中的第几行，答对者举杯喝茶。可是答对者往往因太过开心，将茶水洒了一地，反而喝不到茶。

清代崔错的李清照像

只可惜，靖康元年（1126 年），青州发生兵变，归来堂被焚烧，里面的古玩、书籍等全部化为灰烬。李清照在青州度过了 10 年的时光，对青州怀有无限的爱意，她曾在诗中写道：“欲将血泪寄山河，去洒东山一抔土。”

在今天，青州还流传着一个传奇故事，那就是云门山那个大大的“寿”字。

据说，那个“寿”字刻于明嘉靖三十九年（1560 年）九月初九。当时正是衡王的生日，衡王府内掌司周全请来了全国最有名的石匠，刻下了这个高 7.5 米、宽 3.5 米的“寿”字。

衡王闻讯，前来观看，却发现整个寿字都被涂成了红色，唯独“寸”字中的那一个点没有颜色。周全赶忙解释说：“这一点是故意留白的，要由作为‘寿星’的您亲笔‘点睛’！”

衡王拿起笔，将那个点涂红。就在这时，这个巨大的“寿”字突然大放光芒，将整个青州城都照亮了！衡王很高兴，就将青州以北的地方命名为“寿光”。

## 昭德古街

在青州，有一处十里古街，这些街道首尾相连，均为明清时所建，古街两边多为旧时遗存的老店铺，街旁青砖小瓦、古式的木制活插板门随处可见，依稀可见当年这里商贾云集、游人如织的繁华。

古街一角

## 偶园

偶园，也被称作冯家花园，建于康熙初年，原是清代大学士冯溥的私家花园。园内现存四株明朝时的桂花已有 400 余年历史，三株明代时的迎春花每年仍会绽开满枝黄花，迎接春天的到来。偶园的假山也十分有趣，共有三座山峰，分别依序沿偶园东、南两墙环列。可别小瞧这个假山，它是中国唯一幸存的“康熙风格”的假山呢！

偶园中的假山福石

偶园正门

## 范公亭公园

我们前面讲了个关于范公亭的传说，现在来告诉你关于它的真实事件吧！公元1050年，青州一带正流行“红眼病”。这种病蔓延得很快，甚至危及老百姓的生命。为此，范仲淹在此地亲自汲水制药，发放给百姓，很快制止了瘟病的流行。恰在这时，南阳河畔有泉水涌出，青州城的百姓以为这是范仲淹的德行感动了苍天，就在泉上建造了凉亭。后人为了纪念范仲淹，就把泉水称为范公井，把凉亭叫作范公亭。

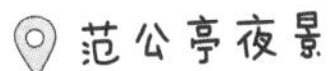
范公亭夜景

诸城常山

lǎo fū liáo fā shào nián kuáng zuǒ qiān huáng yòu qíng cāng
老夫聊发少年狂，左牵黄，右擎苍，

jǐn mào diāo qiú qiān qí juǎn píng gāng
锦帽貂裘，千骑卷平冈。

wèi bào qīng chéng suí tài shǒu qīn shè hǔ kàn sūn láng
为报倾城随太守，亲射虎，看孙郎。

——苏轼·《江城子·密州出猎》

诸城
恐龙公园

冬天到啦，快来和苏轼一起打猎吧！看！苏轼左手牵着黄犬，右臂托起苍鹰，带着众多的随从，拉雕弓如满月，百发百中，多威风呀！虽然过去了这么多年，我们依旧能感觉到，苏轼在写这首词时的一腔热血。纵马狂奔，搭弓引箭，这是古今多少男儿的豪情之梦！

可是在苏轼的心中，密州是一个充满各种复杂情感的地方。苏轼在密州做太守时，留下了200多首诗词歌赋，除了这首《江城子·密州出猎》外，千古名句“但愿人长久，千里共婵娟”也在此地诞生。然而，在这些脍炙人口的词句背后，却是苏轼坎坷的一生。

事情还要从苏轼入朝为官时说起。那时，苏轼得罪了朝中的掌权派，屡遭排挤，他只好请求出京，做了杭州通判。

没过多久，他得知弟弟苏辙在山东济南任职，就向朝廷请求调任山东密州。很快，朝廷答应了苏轼的请求，这让他快乐得几乎飞上了天！可是，苏轼千辛万苦来到密州后，却没有见到弟弟。就这样，在那一年的中秋之夜，“明月几时有，把酒问青天”的名句在苏轼对弟弟的思念中诞生了。

在密州，苏轼不但思念弟弟，也思念亡故了10年的发妻王弗。王弗16岁嫁与苏轼，夫妻二人感情很好。然而，红颜薄命，王弗不到30岁就亡故了，苏轼为此悲痛不已，于是在密州写下了《江城子·乙卯正月二十日夜记梦》：

shí nián shēng sǐ liǎng máng máng bù sī liang zì nán wàng
十年生死两茫茫，不思量，自难忘。

qiān lǐ gū fén wú chù huà qī liáng
千里孤坟，无处话凄凉。

zòng shǐ xiāng féng yīng bù shí chén mǎn miàn bìn rú shuāng
纵使相逢应不识，尘满面，鬓如霜。

或许，因为种种思念之情太过强烈，苏轼才会选择用出猎的方式，缓解自己心中的郁闷。只是不知，当苏轼狩猎归来，会不会又重新想起过往的种种伤心之事呢？

再来给你讲一个密州的小故事吧！据说在春秋时期，密州有个叫公冶长的人，能听懂各种鸟的语言。有一天，他听见老鹰在对他说：“公冶长，公冶长，南山有只死獐，捡到之后，你来吃肉，我吃肠。”

公冶长听到老鹰的话，赶忙跑到南山，果然找到一只死獐。然而，公冶长却动起了坏心思，他想独吞这只獐，不将肠子拿出来分给老鹰。

獐子

老鹰没有吃到肠子，怀恨在心，决定要报复一下这个背信弃义的人。

不久之后，老鹰再次找到公冶长，对他说："公冶长，公冶长，南山又有只死獐，捡到之后，你来吃肉，我吃肠。"公冶长一听，暗笑这只老鹰是个傻子，又赶紧跟着老鹰跑到了南山。

到了南山，公冶长看见几个人围着一个东西，指指点点，议论纷纷。于是，他冲着那些人大声喊道："你们都别抢，那是我打死的！"然而，等公冶长气喘吁吁地跑近一看，却惊得差点儿尿了裤子：原来，人们围着的并不是死獐，而是一个人的尸体！

见此情景，公冶长悔得肠子都青了。他正想逃跑，可人们已经不由分说将他扭住，送到官府去了。公冶长一五一十地将老鹰欺骗他的事情向县令道明，可县令怎么会相信他呢！眼看公冶长就要被问罪了，正在此时，县衙外来了几只鸟雀，叽叽喳喳地叫着。县令问公冶长："如果你懂鸟语，那你告诉我，这几只鸟雀在说些什么呢？"

公冶长仔细听了一会儿，胸有成竹地说："那些鸟儿说，东乡有一辆米车翻了车，粟米撒了一地，大伙儿赶快去吃啊！"县令一听，立即派人到东乡去查看。过了好一阵子，去查看的人才跑回来，回禀县令事情果真如公冶长所说。县令于是释放了公冶长。

## 诸城常山

密州就是今天的山东省诸城市。在诸城常山的山涧中有一汪古泉，名叫雩(yú)泉。泉边有亭，名叫雩泉亭。苏轼尤其喜欢常山，更曾在此写过一篇《雩泉记》。有人说，常山便是苏轼《江城子·密州出猎》所提到的狩猎之地呢！

常山上的万佛寺

## 诸城恐龙公园

在诸城，有一座像大峡谷一样的恐龙公园，可威风啦！

据说，在亿万年前，当恐龙感觉自己快和世界说“拜拜”的时候，就会选择一个风水宝地，慢慢咽气。而诸城，大概就是这些史前巨兽为自己选择的坟场！

几亿年过去了，经过无数次沉积、冲刷，这里的地形发生了改变，这些恐龙的化石逐渐露出地面，被后来的人们找到、挖掘、修整，最后陈列在了这里。来！让我们在馆中高科技的引领下，飞往谜一般的恐龙时代吧！

# 济南

趵突泉

liǔ huā fēi chù mài yáo bō　wǎn hú jìng jiàn xīn mó
柳花飞处麦摇波，晚湖净鉴新磨。

xiǎo zhōu fēi zhào qù rú suō　qí chàng cǎi líng gē
小舟飞棹去如梭。齐唱采菱歌。

píng yě shuǐ yún róng yàng　xiǎo lóu fēng rì qíng hé
平野水云溶漾，小楼风日晴和。

jǐ nán hé zài mù yún duō　guī qù nài chóu hé
济南何在暮云多。归去奈愁何。

——苏轼·《画堂春·寄子由》

千佛山

大明湖

济南城内美景真是数不胜数！柳花纷飞，麦浪随风摇曳，夜晚时分，大明湖就如新磨的镜子一般明亮照人！湖上的小舟飞快来去，采菱女们一齐歌唱，水云相接，碧波荡漾，这风光真是太美了！不过如此大好的风光，也难以缓解苏轼对弟弟的思念呀！

我们在前面说过，苏轼为了能见到在济南任职的弟弟苏辙，特地向朝廷提出调任到密州。可是他满心欢喜地来到济南，却扑了个空，连弟弟的影子都没看到！你能感受到苏轼心中的失望吗？

济南城自古以来就是个好地方，传说还吸引了舜帝的目光呢！据史料记载，大约在公元前 22 世纪时，舜便曾“渔于雷泽，躬耕于历山”。“历山”就是今天济南的千佛山，至今这里还有着各种用“舜”命名的地方，比如“舜井”“舜耕路”等。

不过，在舜躬耕的时候，这里并不叫作济南。据考证，商代末期，甲骨文卜辞中的“泺（luò）”即今日的趵（bào）突泉。后来，又因这里位于历山之下，春秋战国时期齐国将此地改名为“历下”。直到汉代时，因为这里位于济水之南，朝廷在此地设济南郡，才正式有了“济南”的称号。

济南被舜帝看中是有其道理的，这里四周被群山环抱，泉水众多，非常适合农耕。济南“家家泉水，户户垂柳”，因此也被称为“泉城”。这里有趵突泉、黑虎泉、珍珠泉、五龙潭四大泉群，还有“七十二名泉”。这些泉水汇流成护城河，流淌到大明湖，使济南成为世界少有的集“山、泉、湖、河、城”于一体的美丽城市。

苏轼对济南印象颇好，在《阳关曲·答李公择》中这样赞美道：

jǐ nán chūn hǎo xuě chū qíng cái dào lóng shān mǎ zú qīng
济南春好雪初晴，才到龙山马足轻。
shǐ jūn mò wàng zhà xī nǚ hái zuò yáng guān cháng duàn shēng
使君莫忘霅溪女，还作阳关肠断声。

济南最有名气的是什么？不用想，肯定是趵突泉啦！关于它的来历，还有个非常有趣的小传说呢！

济南名泉之一——黑虎泉

从前，济南城内有个名叫鲍全的青年樵夫，他天天辛勤地砍柴卖钱，却仍然很贫穷。有一天，鲍全的父母突然得了重病，没钱请医生，最后全都病死了。鲍全受到了很大的打击，从那之后，他便放下柴刀，拜了一位和尚为师，向他学习医术。鲍全天性聪明，不出几年就出师了。于是，他开始在济南城中行医，救活了许多老百姓。

那时济南还没有这么多泉水，到了旱季，老百姓连煎药的水也没有。鲍全就跑去很远的山上挑水，回来给穷人们煎药。有一天，鲍全在挑水的路上救了一位老者，老者对鲍全说："泰山上有个黑龙潭，用潭里的水往每个病人的鼻子里滴上一滴，他们的病就会好了。"

于是，鲍全千辛万苦来到黑龙潭，发现黑龙潭底下原来是座龙宫，而他救下的老者，竟然是龙王的哥哥！龙王为了感谢鲍全，送给他一只白玉壶，里面的水永远也喝不完。鲍全回到济南城后，用这个白玉壶里的水煎药，治好了很多百姓的病。

然而，白玉壶的事情被州官知道了，他想要这件宝贝，就派人将鲍全抓了起来。鲍全早就知道州官的心思，于是提前将白玉壶埋在了院子中，可最后还是被发现了。但是，奇怪的事情发生了，官差的铁锹已经挖到了白玉壶，可当他们想将壶搬起来的时候，却怎么也搬不动！

突然，只听见地下传来"咕咚"一声，冒出了一大股清泉，这股清泉源源不断地向外喷溅，水花溅到哪里，哪里便又出现一眼泉水。自那以后，济南城便不再干旱，而是成了有名的泉城。而最初的那眼泉水，就是现在的趵突泉。

趵突泉，能清晰地看到分为三股

## 趵突泉

趵突泉位于济南城的中心地段，与千佛山、大明湖并称为济南三大名胜。据闻，清代康熙皇帝南游时，曾观赏了趵突泉，兴奋之余题了“激湍”两个大字，并封其为“天下第一泉”。趵突泉水分为三股，昼夜喷涌，水盛之时能喷涌到一米多高呢！

## 大明湖

大明湖是济南城的一处天然湖泊，由众泉水汇流而成，素有“泉城明珠”的称号。据说，大明湖有“四大怪”，即“蛇不见，蛙不鸣，恒雨不涨，久旱不涸”。这里自古遍生荷莲，湖畔垂柳依依，花木扶疏，曾被人赞美为“四面荷花三面柳，一城山色半城湖”。

大明湖超然楼秋色

## 千佛山

游罢趵突泉和大明湖，岂能不顺道去一趟千佛山？千佛山位于济南城南部，因山上有数不清的佛像而得名。千佛山海拔仅有 285 米，非常好爬，只要花费半个上午就能登顶。凭栏北望，大明湖水面如镜，城区美景一览无遗！

千佛山上的弥勒佛

千佛山的晚霞

# 莱州

lèi shī luó yī zhī fěn mǎn　sì dié yáng guān　chàng dào qiān qiān biàn

泪湿罗衣脂粉满，四叠阳关，唱到千千遍。

rén dào shān cháng shān yòu duàn　xiāo xiāo wēi yǔ wén gū guǎn

人道山长山又断，萧萧微雨闻孤馆。

xī bié shāng lí fāng cùn luàn　wàng liǎo lín xíng　jiǔ zhǎn shēn hé qiǎn

惜别伤离方寸乱，忘了临行，酒盏深和浅。

hǎo bǎ yīn shū píng guò yàn　dōng lái bú sì péng lái yuǎn

好把音书凭过雁，东莱不似蓬莱远。

——李清照·《蝶恋花·晚止昌乐馆寄姊妹》

笔架山

神仙洞

莱州可真远呀！李清照急匆匆赶了一天的路，夜色降临，她在驿馆中，忽然想起家乡的姐妹。临别之际，姐妹们说此行路途遥遥，不知何时才能再见！如今她一个人孤零零的，又赶上潇潇夜雨，淅淅沥沥地惹人心烦，更让人愁上加愁呀！

莱州在历史中早有记载。夏朝时，东夷族的寒浞将儿子浇封在此地，后来东夷被夏灭掉，此地便归了夏朝，成为青州的一部分。到了商朝，莱州被称为莱侯国，周朝时则叫莱子国、夜邑。在此后的2000多年里，莱州在胶东地区始终占有重要地位。

但在莱州，最让人动容的，是李清照与赵明诚短暂又悲情的爱情。这首《蝶恋花·晚止昌乐馆寄姊妹》不仅是李清照对家乡姐妹的怀念，更暗含了她对赵明诚的深深思念。

18岁那年，李清照嫁给了赵明诚。婚后，她与丈夫情投意合，一同研究金石书画，生活幸福而美好。北宋末年，赵明诚任莱州太守，李清照也一同跟到莱州。两人在莱州的五年里相濡以沫，李清照写出了不少辉煌的诗词篇章。

一年重阳节，李清照作了那首著名的《醉花阴》，给丈夫赏读：

bó wù nóng yún chóu yǒng zhòu ruì nǎo xiāo jīn shòu jiā jié yòu
薄雾浓云愁永昼，瑞脑销金兽。佳节又
chóng yáng yù zhěn shā chú bàn yè liáng chū tòu
重阳，玉枕纱橱，半夜凉初透。
dōng lí bǎ jiǔ huáng hūn hòu yǒu àn xiāng yíng xiù mò dào bù
东篱把酒黄昏后，有暗香盈袖。莫道不
xiāo hún lián juǎn xī fēng rén bǐ huáng huā shòu
销魂，帘卷西风，人比黄花瘦。

据《郷（láng）环记》记载，赵明诚读过这首《醉花阴》后，叹赏不已，却又不愿甘拜下风。于是他废寝忘食，用了三日三夜，写出50阕词，并将李清照的《醉花阴》也杂入其间，请来友人陆德夫品评。

陆德夫品味再三，笑道：“只三句绝佳。”赵明诚问是哪三句，陆德夫答曰：“莫道不销魂，帘卷西风，人比黄花瘦。”

不光是《醉花阴》，李清照还有一首充满少女情怀的词作——《如梦令》：

cháng jì xī tíng rì mù，chén zuì bù zhī guī lù。xìng jìn wǎn huí zhōu，wù rù ǒu huā shēn chù。

常记溪亭日暮，沉醉不知归路。兴尽晚回舟，误入藕花深处。

zhēng dù，zhēng dù，jīng qǐ yì tān ōu lù。

争渡，争渡，惊起一滩鸥鹭。

然而，好景不长，公元1126年，金兵大举入侵，李清照夫妇带着一部分文物和学术成果，逃难到南京，而更多的文物书籍则留在了北方，因战火化为灰烬。三年后，赵明诚身患疟疾，不治身亡。从此，李清照便举目无亲，漂泊无依。或许，在李清照的记忆中，自己一生最美的爱恋，大部分都留在了莱州。而莱州，也成了她和赵明诚爱情的见证之地。

我们都知道，农历七月初七是牛郎织女鹊桥相会的日子——七夕节。然而在山东莱州，七夕节并非七月初七，而是七月初六，这又是为什么呢？

牛郎织女鹊桥相会

这还要从崇祯时期说起。崇祯四年（1631年），李九成、孔有德在吴桥发动兵变，向莱州袭来，很快打到了莱州城下。莱州知府朱万年亲自镇守莱州南门，带领士兵拼死守卫莱州城。叛军采用炮轰、火烧、掘隧道、搭云梯等种种手段，却依然没能攻克这座坚固的城池。叛军见久攻不下莱州城，便想了一条计策——诈降！农历七月初七那一天，叛军假意投降，将朱万年骗到叛军军营。没想到，朱万年刚刚走近，便被一拥而上的叛军绑了个结结实实。

朱万年这才知道上了叛军的当，但他并未慌张，而是引诱叛军来到莱州城下，并忽然大声向城上喊叫："我现在被俘，已没有生还的可能，叛贼在此，你们不要顾及我，赶紧放箭将他们击杀！"

莱州城的守军听见太守的喊声，又见他被绑于城下，都面面相觑，心中不忍。朱万年将心一横，立刻大骂叛军，叛军大怒，将朱万年砍死在阵前。莱州城的守军见太守为国捐躯，心中一股热血直冲而上。大家众志成城，将敌人击毙过半。

后来，为了避开太守朱万年的殉难日，莱州百姓便将七夕节从七月初七改到了七月初六，以示对他的敬重。

## 神仙洞

在莱州东南有一座山——寒同山，又名神山。这座山中藏有远近闻名的古迹——寒同山道家石窟。传说有一天，忽然大雾遮山，看不到人，只能听到凿锤之声。40天后，雾散天晴，山洞、神像奇迹般地全出现了！人们以为这是神仙所为，就把它称为“神仙洞”。

神山仙境

你看过《射雕英雄传》吗？一定还记得里面的“全真七子”吧！这个山洞还跟他们有关呢！实际上，“全真七子”在历史上确有其人，他们是北宋末年的道士王重阳在胶东半岛弘扬道法时收的七个徒弟。其中，丘处机和刘长生曾来神仙洞活动、修炼，用实际行动为它“代言”。

## 笔架山

在莱州，有一座笔架山，山上怪石嶙峋，风景美不胜收。而且，这里的古迹更是数不胜数。自山麓到山顶，有历代刻石多达 37 处！

你知道吗？中国的书法艺术一向有“南帖北碑”之分。也就是说，南方盛行帖学，北方盛行碑学。一般来说，帖派笔锋流媚婉丽，碑派则雄奇方朴。而在北碑中，又以魏碑最为著名。在笔架山上，著名的北魏书法家郑道昭曾在公元 511 年，在此留下了 17 处宝贵的题刻，引得历代书法家蜂拥而至，像朝圣一般来到这里观摩。

莱州湾壮观的盐田景色

在盐田边还可以用风力发电

# 蓬莱

蓬莱阁

xiǎo yún kāi　nì xiān guǎn líng xū　bù rù péng lái
晓云开。睨仙馆陵虚，步入蓬莱。

yù yǔ qióng zhòu　duì qīng lín jìn　guī niǎo pái huái
玉宇琼甃，对青林近，归鸟徘徊。

fēng yuè dùn xiāo qīng shǔ　yě sè duì　jiāng shān zhù shī cái
风月顿消清暑，野色对、江山助诗才。

xiāo gǔ yàn　xuán tí bǎo zì　fú dòng chí bēi
箫鼓宴，璇题宝字，浮动持杯。

——张先·《喜朝天·清暑堂赠蔡君谟》

蓬莱
极地海洋世界

蓬莱水城

蔡襄在杭州的清暑堂让张先联想到了传说中的蓬莱仙境。就在那破晓云开的时候，张先仿佛踏着凌空虚步，缓步登入蓬莱仙境。仙境中是什么样呢？那里琼楼玉宇，仙林遍布，一群仙雀左右徘徊。清风明月在前，暑气顿时烟消云散，脚下原野春色竟然如此美丽，让人诗情大发！

当然，这首词中的蓬莱仙境不过是张先的想象罢了，但是蓬莱可是一个真实存在的地方呢！蓬莱旧时称作登州，在唐代时期非常兴盛，与泉州、扬州和宁波并称为“中国四大古港”。据考察，此地早在新石器时代便有人类聚居。汉元光二年（前133年），汉武帝东巡，“于此望海中蓬莱山，因筑城以为名”。

早在秦汉时起，蓬莱便成为世人向往的神仙宝地。据记载，徐福曾向秦始皇上书入东海求仙，并在公元前219年，带了数千童男童女去寻找海上仙山，一去不复返。人们传说，徐福的最终目的地就是蓬莱仙山。

不过，据《拾遗记》和《史记》记载，第一个去往蓬莱求仙的人并非秦始皇，而是齐威王。当时齐国的海港在登州一带，也就是后来的蓬莱，而此地正是齐威王入海求仙的出发地。

我们都知道，汉武帝曾派张骞出使西域，开辟了通向西方的丝绸之路，其实在当时，东方也同样存在一条这样的商路！它以蓬莱为起点，经庙岛群岛，穿过渤海海峡，后经旅顺老铁山、鸭绿江口、朝鲜西南海岸，经对马海峡到达冲之岛、大岛、北九州。这条商路甚至更早于通向西方的丝绸之路，而日本当时前来朝贡，也大多走这条路。

后来，蓬莱的“仙气”越来越重，在文学作品中“现身”的次数也更多了，柳永在《玉蝴蝶》中畅想道：

jiàn jué fāng jiāo míng mèi　yè lái gāo yǔ　yì sǎ chén āi
渐觉芳郊明媚，夜来膏雨，一洒尘埃。
mǎn mù qiǎn táo shēn xìng　lù rǎn fēng cái
满目浅桃深杏，露染风裁。
yín táng jìng　yú lín diàn zhǎn　yān xiù cuì　guī jiǎ píng kāi
银塘静、鱼鳞簟展，烟岫翠、龟甲屏开。
yīn qíng léi　yún zhōng gǔ chuī　yóu biàn péng lái
殷晴雷，云中鼓吹，游遍蓬莱。

在蓬莱，有一个著名的景点——铜井金波，关于它，还有一个有趣的传说呢！

有一年，铁拐李来到蓬莱的一个小村子。当时正值三伏天，他热得满身大汗，就想去找户村民讨水喝。一位七旬老太太见他穿得破破烂烂，嘴唇都干得裂开了，十分同情，就从自家水缸里舀出半瓢混浊的水，不好意思地说：“客人你别嫌弃，我们这里缺水，这点儿水还是我从十里外的悬崖下，一滴滴接来的呢！”

铁拐李喝完水后，谢过了老人，来到海边，将手中的铁拐朝下猛地一戳，只听得脚下传来一声巨响，直震得海中龙宫东倒西歪。渤海龙王大怒，急忙率领虾兵蟹将来到海面上，怒喝道：“何方狂徒？竟敢惊扰龙宫！”

青铜龙雕塑

铁拐李愤愤回答：“渤海龙王，你作为一方水神，却让此地村民忍受无水之苦。今日不给你些教训，实在难消我心头之恨！”于是铁拐李舞起铁拐，向龙王打去。

龙王打不过铁拐李，干脆将头一转，逃回龙宫，任凭铁拐李在海上怎么叫骂也不露头。

铁拐李勃然大怒，一纸诉状将渤海龙王告上了天庭。玉帝得知原委之后，将渤海龙王拘上天宫，钉在锁龙柱上，又另派了小白龙下界，镇守渤海。

铁拐李走后，他站立的地方突然现出了一口水井，清澈的水源源不断地往外流淌。人们发现敲击井壁会发出铜钟般的响声，于是就把这口井取名为铜井，而这个小村庄也因此改名叫铜井村。

如今，但凡天晴之时，待到落潮之后，人们都可以看到碧波之中现出一口水井，井中不断溢出的泉水在阳光的照射下，闪耀着金色的光芒。这就是“蓬莱十大景”之一——铜井金波的由来。

## 蓬莱阁

蓬莱阁古建筑群是蓬莱市最显眼的建筑之一，它位于蓬莱城北面的丹崖山上，是中国四大名楼之一。而站在蓬莱阁的最高处，还能看见黄海和渤海的分界线呢！历史记载，秦始皇、汉武帝都曾为寻求仙药来过此地，传说徐福就是由此乘船入东海去求仙丹的！

蓬莱阁古建筑群

牌楼

## 蓬莱水城

蓬莱水城在蓬莱阁的东侧，是宋代用来停泊战船的刀鱼寨。明朝时，这里又修筑成了水城。整个水城南宽北窄，是个不规则的长方形，也是国内现存最完整的古代水军基地。

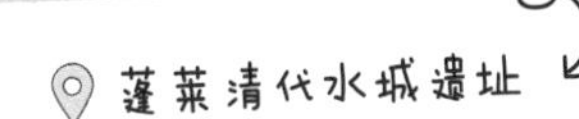

蓬莱清代水城遗址

## 蓬莱极地海洋世界

蓬莱有一个亚洲地区最大的极地海洋馆，这里有北极熊、白鲸、海豚、海狮、海豹等近千种海洋生物，还有亚洲最大的人造热带雨林，国内最大的海龟馆、鲨鱼馆！这里还是中国海洋学会重要的海洋科普教育基地、山东大学海洋学院实践教学基地呢！

海底隧道

**图书在版编目（CIP）数据**

跟着宋词去旅行 : 全 2 册 / 任乐乐著 . -- 北京 : 北京理工大学出版社 , 2024. 12.

ISBN 978-7-5763-4482-0

Ⅰ . I222.844

中国国家版本馆 CIP 数据核字第 2024XF6503 号

**责任编辑：** 李慧智　　**文案编辑：** 李慧智

**责任校对：** 王雅静　　**责任印制：** 施胜娟

**出版发行** / 北京理工大学出版社有限责任公司

**社　　址** / 北京市丰台区四合庄路 6 号

**邮　　编** / 100070

**电　　话** /（010）68944451（大众售后服务热线）

（010）68912824（大众售后服务热线）

**网　　址** / http: //www.bitpress.com.cn

**版 印 次** / 2024 年 12 月第 1 版第 1 次印刷

**印　　刷** / 唐山才智印刷有限公司

**开　　本** / 787 mm × 980 mm　1/16

**印　　张** / 21

**字　　数** / 280 千字

**定　　价** / 109.00 元（全 2 册）

# 跟着宋词去旅行 下

任乐乐 著

北京理工大学出版社
BEIJING INSTITUTE OF TECHNOLOGY PRESS

# 目录

## 第六站　行太行之西

### ——无法忘却的千年沧桑地

## 第七站　念燕赵故土

### ——马蹄之下，你的柔情如歌如泣

## 第八站　观雄江两岸

——在那片充满奇迹的土地上

## 第九站　赏岭南风光

——群岭之侧，此景非画美如画

## 第十站　眺闽越美景

——轻纱掩面，你仿若自梦中走近

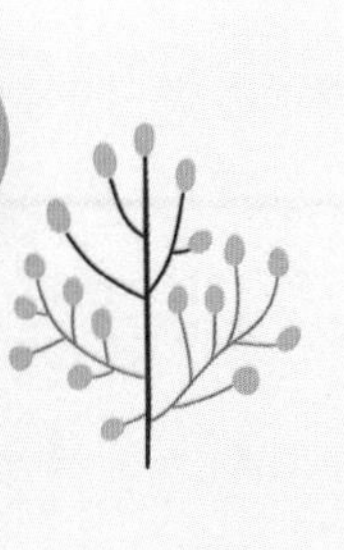

大同
榕叶桄榔驿枕谿，
海风吹断瘴云低。
太原
山光凝翠，川容如画，
名都自古并州。
第六站
行太行之西
——无法忘却的千年沧桑地
雁门关
想关河，
雁门西，青海际。
临汾
雁塞说并门，
郡枕西汾。
贺兰山
驾长车，踏破贺兰山缺。

shān guāng níng cuì　chuān róng rú huà　míng dū zì gǔ bīng zhōu
山光凝翠，川容如画，名都自古并州。

xiāo gǔ fèi tiān　gōng dāo sì shuǐ　lián yíng shí wàn pí xiū
箫鼓沸天，弓刀似水，连营十万貔貅。

jīn qí zǒu cháng qiū　shào nián rén yī yī　jǐn dài wú gōu
金骑走长楸。少年人一一，锦带吴钩。

lù rù yú guān　yàn fēi fén shuǐ zhèng yí qiū
路入榆关，雁飞汾水正宜秋。

——沈唐·《望海潮·上太原知府王君贶尚书》

天龙山
石窟

山西
博物院

并州的景色可真美呀！湖光山色犹如翡翠凝脂，山川好似从画中浮出似的！远远望去，演练场内战鼓连天，刀弓舞动的样子就好似流水一般，驻扎在此的营地一片连着一片，看上去好像有十万瑞兽守护！看那些骑马的少年，个个配吴钩、戴锦带，精神抖擞！

沈唐的一首《望海潮·上太原知府王君贶尚书》，将人们的思绪带向那遥远的并州——也就是今天的太原。如果你生活在南方，一定想象不到，在太行以西，还有如此令人如痴如醉的景色！

太原是一座有着2500年历史的文化名城，这里几度兴衰，战乱时而有之，整个太原古城，随着中国前进的脉搏一起跳动。历代以来，太原曾经有过六个不同的名称：晋、大卤、太原、大夏、夏墟、晋阳。

或许，今天的人们早已把太原城的这些别名给忘记了，但太原城那高贵而显赫的身份，却在史书中早有记载。据《山西通志》记载，太原最早的原住民，是轩辕黄帝的五世孙、帝喾的次子——实沈。在实沈和其后代人的不懈努力下，这个水草丰茂的地方，变得越来越繁荣。

在今天太原城南的清徐县境内，尚有一处不起眼的村落——尧城村，据说这里曾是帝尧的故城。《清源乡志》曾记载，帝尧初为部落首领时，曾旅居在此，后来随着部落逐渐壮大，才迁都到了晋南的平阳。所以，古老的太原城也可称作帝尧故都之一。

太原这座城市也出现在不少词人的佳作中，张炎就有一首《水龙吟·寄袁竹初》，写了当时自己怀念太原的心情：

jǐ fān wèn zhú píng ān　yàn shū bú jìn xiāng sī zì
几番问竹平安，雁书不尽相思字。
lí gēn bàn shù　cūn shēn gū tǐng　lán gān lǚ yǐ
篱根半树，村深孤艇，阑干屡倚。
yuǎn cǎo jiān yún　dòng hé jiāo xuě　cǐ shí xíng lǐ
远草兼云，冻河胶雪，此时行李。
wàng qù chéng wú shù　bīng zhōu huí shǒu　hái yòu dù　sāng gān shuǐ
望去程无数，并州回首，还又渡、桑乾水。

战国初期，晋阳是赵国的都城。太原城西北和东北的北方游牧民族，经常骚扰位于东边的赵国。每一代赵王都因此深感烦恼。

赵武灵王弯弓像

赵武灵王继位之时，赵国的都城已经迁到邯郸。他决心改变屡吃败仗的局面。在多次和游牧民族接触后，赵武灵王发现敌人在服饰、用具上有一些长处：他们的服装十分轻便，对打仗行军十分有利；他们作战时用的骑兵和弓箭，也比中原国家常用的兵车和长矛更具备机动性。

赵武灵王思虑良久，提出了“着胡服”“习骑射”的主张。然而，这个法令还没有颁布，就先遭到了贵族们的反对！贵族们纷纷劝阻说：“大王改变了自古以来便传下的旧法，这使得国将不国，老百姓是不会同意的！”

听了这些，赵武灵王十分生气，他对贵族们说：“敌人的骑兵来如飞鸟，去如绝弦，是当今反应速度最快的部队，带着这样的部队驰骋疆场，哪有不取胜的道理？再说，德才皆备的人做事都是根据实际情况而采取对策的，只要对富国强兵有利，何必拘泥于古人的旧法！”

说完，赵武灵王毅然颁布了“胡服骑射”的政令。他不仅号令全国“着胡服”“习骑射”，自己还带头穿着胡服去会见群臣。贵族们不服气，私下散布谣言：“大王其实就是看我们不顺眼，这是要当众羞辱我们啊！”

赵武灵王听见这些谣言后，并没有发怒，而是召集满朝文武大臣，当着大家的面一箭将百步以外的枕木射穿，厉声说道：“以后有谁再敢阻挠变法，此木就是他的下场！”贵族们面面相觑，再也不敢妄发议论了。就这样，在赵武灵王的坚持下，赵国的国力逐渐强大起来。

## 晋祠

晋祠是为纪念周武王的幼子唐叔虞及其母后邑姜而建的，集中国古代祭祀建筑、园林、雕塑、壁画、碑刻艺术为一体。晋祠有“三绝”：难老泉、圣母像和周柏唐槐。晋祠内还有唐太宗李世民亲自撰写的《晋祠之铭并序》碑，非常珍贵。

晋祠中的圣母殿

## 山西博物院

在山西博物院中，以“晋魂”为主题的展区有七个部分：文明摇篮、夏商踪迹、晋国霸业、民族熔炉、佛风遗韵、戏曲故乡、明清晋商，让你看到 4000 多年来三晋地区人们吃、穿、住、行等各方面的状况。

山西博物院夜景

## 天龙山石窟

天龙山石窟在太原市的西南方，在中国十大石窟中排名第六，始凿于 1400 多年前的北朝东魏时期，历经东魏、北齐、隋、唐几个朝代。可以看出，东魏石雕形象写实、逼真；唐代的雕像则更加严谨、精湛，具有丰富的质感。

天龙山石窟

天龙山石窟中的石雕

róng yè guāng láng yì zhěn xī hǎi fēng chuī duàn zhàng yún dī
榕叶桄榔驿枕溪，海风吹断瘴云低。

bó hán chū jué dào zhēng yī
薄寒初觉到征衣。

suì wǎn kě kān guī mèng yuǎn chóu shēn piān hèn dé shū xī
岁晚可堪归梦远，愁深偏恨得书稀。

huāng tíng rì jiǎo yòu chuí xī
荒庭日脚又垂西。

——张元干·《浣溪沙·书大同驿壁》

浑源

土林

云冈石窟

张元干可要愁死啦！他已经很久没收到亲人寄来的书信了！难道是亲朋好友将他遗忘了吗？张元干站在大同的驿壁边，驻足眺望，却见远处海风咆哮，瘴云低垂，心中不禁泛起一丝凄楚。此时此刻，他本应和亲朋好友欢聚一堂，可现在却孤身漂泊，忍受旅途的凄凉！

太行之西，古都众多，大同亦是其一。古人曾这样描述此地：“三面临边，最号要害。东连上谷，南达并恒，西界黄河，北控沙漠。居边隅之要害，为京师之藩屏。”早在公元前 3 世纪的时候，赵武灵王就曾在大同城西筑城，以防游牧民族入侵。

马可 · 波罗肖像

后来，江山几经变更，但大同始终是北方的咽喉重镇。据说，忽必烈建立元朝之时，马可 · 波罗正巧来到大同，他毫不吝啬言语，极力盛赞：“大同是一座宏伟而美丽的城市。”

当然，不止马可 · 波罗，李洪也这样认为，他在《南乡子 · 监田渡》极力赞美道：

guà xí fàn ān liú， xì yǔ xié fēng dào dù tóu。 wàn dié yún huán
挂席泛安流，细雨斜风到渡头。万叠云鬟

zhēn sì huà， yún zhōu。 zì gǔ shī rén jǐ gè yóu。
真似画，云州。自古诗人几个游。

jīng pèi qù yōu yōu， bié jià wú gōng kuì shí fú。 què yì wǔ hú
旌旆去悠悠，别驾无功愧食浮。却忆五湖

yān làng lǐ， piān zhōu。 dì sì qiáo nán yún shuǐ qiū。
烟浪里，扁舟。第四桥南云水秋。

大同，别名云州，还有一个美丽的名字，叫作凤凰城。据说，这个名字的来历还有个有趣的故事呢！

很久以前，凌霄宝殿上有只金凤凰，深得玉帝宠爱。有一次，它跟随玉帝去赴瑶池仙会，听到八仙在讲述人间的美景，金凤凰想：“我在天宫，虽然锦衣玉食，但孤单寂寞，干脆找个机会跟随八仙，去往人间探上一探！”

于是，它求张果老带它去往人间。张果老说：“如果你能为民造福，我定鼎力相助。”

金凤凰连连点头：“这个不成问题，只是你看人间哪方宝地，可以供我落脚？”

张果老沉思了一下，说：“大同是块风水宝地，民风淳厚，遍地梧桐。而且我在恒山修身炼丹，距离大同不远，有事也好互相照应。”

听了张果老的话，金凤凰便偷偷逃出凌霄宝殿，展翅朝大同飞去。

玉皇大帝很快知道了这件事，急令二郎神杨戬下界捉拿金凤凰。杨戬对它说：“你私自出宫，违犯天条，若再不回宫，我就要责罚你了。”

金凤凰不屑地回答：“我情愿受罚，也不愿再回那死寂的天宫。”杨戬闻言，随即搭箭，射中金凤凰的右翅。

金凤凰忍着剧痛，逃到恒山，找到张果老寻求帮助。张果老想了个好办法——给当时的皇帝朱元璋托梦。在梦中，张果老对朱元璋说：“若能将大同城建成凤凰展翅的形状，必能福泽这一方百姓。”

朱元璋醒后，立刻传令下去，重修大同城！很快，全新的大同城就修好了，城楼环列，阁楼对称，牌坊林立。其主城高大雄壮，东、南、北三座小城倚角相连，整个布局高低错落有致，犹如一只金色凤凰舒展单翅，昂首朝阳。其中，南关为金凤之头，主城为金凤之身，北关为凤尾，东关为金凤展翅，城西为金凤合翅（因负箭伤而未伸展），这种城堡建制之奇特布局，在我国实属罕见。

可惜的是，经过历代沧桑变迁，这雕梁画栋的大同古城，大部分已毁于历代兵火，如今，只能凭借想象，回忆当年的繁华盛景了！

## 九龙壁

九龙壁位于大同城内大东街路南，当天气晴好、晨曦浮现时，九龙壁上便好似涂了一层耀眼的光辉；当太阳完全升起时，九龙壁便更加绚丽，九条龙宛然如生。大同九龙壁建于明代洪武末年，是明太祖朱元璋的儿子代王朱桂府前的照壁，也是中国现存规模最大、建筑年代最早的一座龙壁，堪称中国龙壁之首。

雄伟的九龙壁

## 云冈石窟

云冈石窟是中国三大石窟之一，依山开凿，现存主要洞窟 45 个，大小造像 51 000 余尊，也是我国规模最大的古代石窟群之一。据文献记载，云冈石窟原名武州山石窟寺，明代时才改称云冈石窟。它从北魏文成帝和平初年起动工开凿，到北魏正光年间终结，大致历经了 70 年之久。

云冈石窟第六窟释迦佛洞

## 土林

来到大同，岂能不看看黄土高坡的风采？土林则是最能体现黄土高坡特色的地方。受桑干河支流日久天长的侵蚀，这里的黄土形成了一片似古堡而非古堡、似雕塑而非雕塑的奇异景观。在光线的魔法下，这片奇异的土林会呈现出各种不同的色彩。

颜色奇特的土林

## 浑源

浑源境内除了恒山之外，还有众多古老的遗址，如李峪青铜器遗址、李峪庙坡彩陶文化遗址、麻庄汉墓群等，如果你对考古感兴趣，游罢恒山之后，一定不要错过这里！

恒山风光

恒山上的悬空寺

xuě xiǎo qīng jiā luàn qǐ　mèng yóu chù　bù zhī hé dì
雪晓清笳乱起。梦游处、不知何地。

tiě qí wú shēng wàng sì shuǐ　xiǎng guān hé　yàn mén xī　qīng hǎi jì
铁骑无声望似水。想关河，雁门西，青海际。

shuì jué hán dēng lǐ　lòu shēng duàn　yuè xié chuāng zhǐ
睡觉寒灯里。漏声断、月斜窗纸。

zì xǔ fēng hóu zài wàn lǐ　yǒu shuí zhī　bìn suī cán　xīn wèi sǐ
自许封侯在万里。有谁知，鬓虽残，心未死。

——陆游·《夜游宫·记梦寄师伯浑》

隘口

古雁门关

下过雪的清晨，有清幽的笳声响起，陆游睁开眼睛，努力回想着梦中所游之地。自己到底在梦中去了哪里呢？那里铁骑无声，望过去如水流淌一般绵延不绝。陆游想啊想，终于猜了出来：这样的关塞，应该在雁门关的西边，青海的边际。

雁门关位于山西省忻州市代县以北的雁门山中，是长城上的重要关隘，与宁武关、偏关合称为“外三关”。只要你对中国古代的军事有些了解，就一定听过它的大名！

雁门山在古代也称为勾注山，群峰挺拔、地势险要，其中的雁门关更有“一夫当关，万夫莫开”之势。相传每年一到春季，北飞的大雁都会口衔芦叶，在雁门山盘旋，直到叶落方才过关。

秦始皇统一六国后，为了防止北方游牧民族南下骚扰，派遣大将蒙恬率兵30万，从雁门出塞，把匈奴赶到阴山以北，并且修筑了万里长城。传说，蒙恬死后便葬于雁门附近。

后来，时代虽然变迁，雁门关却保持着它的豪迈与壮丽。李弥逊曾在《菩萨蛮·新秋》中写道：

liáng biāo qīng sàn yú xiá qǐ　shū xīng lěng jìn míng hé shuǐ　qī
凉飙轻散余霞绮，疏星冷浸明河水。攲
zhěn huà yán fēng　qiū shēng cǎo jì qióng
枕画檐风，秋生草际蛩。

yàn mén lí sài wǎn　bú dào héng yáng yuǎn　guī hèn gé chóng
雁门离塞晚，不道衡阳远。归恨隔重
shān　lóu gāo mò píng lán
山，楼高莫凭栏。

北宋初期，雁门关一带是宋朝与辽国激烈争夺的战场。公元 979 年，北宋将领杨业曾在这里多次以少胜多，大败辽兵，被当时的人们誉为“杨无敌”。然而，公元 986 年，由于监军王侁（shēn）、统帅潘美的指挥失误，杨业全军覆没，在朔州的陈家谷被辽兵所擒。但杨业宁死不屈，最终绝食身亡。后人为纪念他的战功和忠贞精神，在雁门关北口立了“杨将军祠”。

明末清初，有个著名的书法家名叫傅山。清王朝建立后，傅山不忘旧国，坚决不与新政权合作，于是隐姓埋名，避居于太原附近的乡间。

如今的雁门关门匾

有一年，雁门关重修，清朝皇帝听说傅山的书法极好，就命代州知府请他撰写雁门关门匾。傅山不愿合作，这可把代州知府急得团团转，于是他只好去向傅山的外甥——王石求助。

王石知道舅舅的脾气，于是想了个小花招：他提着礼物去看望舅舅傅山，并请舅舅给他写帖子练字。王石装作很认真的样子，拿出纸来，叫舅舅写了个“雁”字。傅山没有多想，就给外甥写了。

过了几天，王石又去看傅山，闲聊之后，又叫舅舅写了个“門”（“门”的繁体字）字。又过了一段时间，正逢傅山过寿，王石带上厚礼去拜寿，又对舅舅说：“舅舅，今天我还想练字，您就给我写个‘關’（“关”的繁体字）字吧。”

傅山挥笔写完外面的“門”字之后，突然发现有点儿不对劲：王石第一次让自己写“雁”字，第二次写了个“門”字，这次又写“關”字，连起来岂不是“雁門關”？

傅山明白过来了，放下笔就开始跳着脚骂王石。王石一见大事不好，立即卷起那个“門”字，一溜烟跑回了家。他仔细端详了一下舅舅写的字体结构与笔法，然后拿来笔墨和砚台，提笔将“關”字补完。就这样，王石拿着这半伪造的“雁門關”三个字向知府交了差。

雁门关落成后，这个傅山写了前半截、王石写了后半截的“雁門關”三个字被雕刻成石匾，镶嵌在城门上。可是很快有人发现，如果站在很远的地方看这三个字，能看清的却只有“雁門門”，而后面“門”里的字却看不清！不知这是不是和王石的狗尾续貂有关呢？

雁门寨里的民居

## 雁门寨

雁门寨位于古雁门关东西两侧的山脊平台上，为北宋时期设立，是当时的军事驻防要地。它与西陉（xíng）寨、胡峪寨并称为“雁门三寨”，地势十分险要。

雁门寨明月楼

## 古雁门关

古雁门关也称铁裹门、西陉关，是中国北境重镇要隘和重要的戍边军所。“汉高祖北征”“昭君出塞”“金人北掳宋徽钦二帝”“杨家将镇守三关”等重大历史事件都和古雁门关有关。

古雁门关

## 隘口

隘口便是古雁门关北口，也被称为白草口，是雁门关十八隘之一。早在春秋战国时期，白草口就是连接南北的要道。当时，通过古雁门南来北往的商旅源源不断，都必须经过这里，别无他路。

雁门关长城

# 临汾

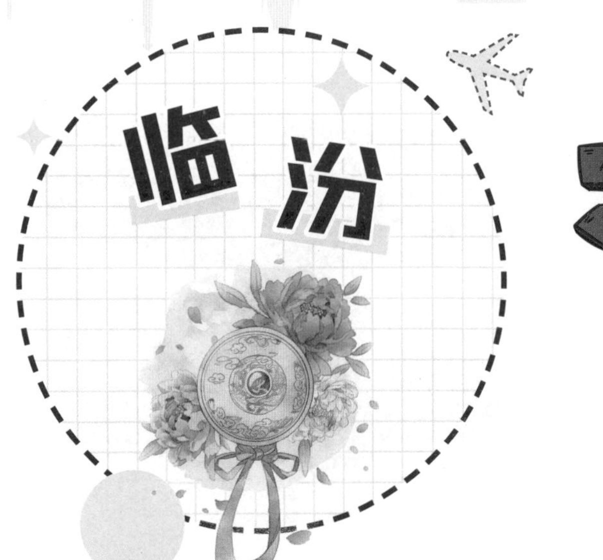

尧庙

yàn sài shuō bīng mén　jùn zhěn xī fén　shān xíng gāo xià yuǎn xiāng tūn

雁塞说并门。郡枕西汾。山形高下远相吞。

gǔ sì lóu tái yī bì zhàng　yān jǐng yáo fēn

古寺楼台依碧嶂，烟景遥分。

jìn miào suǒ xī yún　xiāo gǔ réng cún

晋庙锁溪云。箫鼓仍存。

niú yáng xié rì zì guī cūn　wéi yǒu gù chéng hé shǔ dì　qián shì xiāo hún

牛羊斜日自归村。惟有故城禾黍地，前事消魂。

——裴湘·《浪淘沙》

大槐树

壶口瀑布

雁门关，你是晋地的守护神！郡地一直绵延到西汾边，山势极其凶险！可在碧绿植被覆盖的山峰之下，藏着古寺楼台，雾气朦胧，这大好美景看上去就好似从神仙世界浮现出来的！这里的尧庙自从晋朝时起，就一直静待于此，从来不曾改变。

裴湘的这首《浪淘沙》，将我们的目光从雁门关引到了汾河两岸。而临汾，则是汾河岸边一颗令人无法忽视的夺目明珠。大约在4500年前，这里迁来了一支部族，他们在中原地区确立了统领诸国的特殊地位，这就是威名赫赫的陶唐民族。

据史籍记载，尧“封于唐”“游于陶”，又称陶唐氏。现在，考古学家在襄汾陶寺遗址发现了一处占地4万平方米的墓地，葬制、葬具、殉葬品显示，当时已步入文明社会阶段！

金元时期，临汾一带也被称作平阳，这里的地位仅次于大都（今北京）。由于这里盛产雕版印刷的白麻纸、墨锭和枣木，因此官民雕印作坊在这里发展迅速。当时这里的雕印作坊主要编集经史、道教经卷、民间文艺和农医杂书，其中最著名的《平水韵》，曾一时风行全国，还被作为历代诗人作诗押韵的依据呢！

张先有一首《菩萨蛮》提到了平阳曲，当时似乎很流行：

jiā rén xué dé píng yáng qǔ　xiān xiān yù sǔn héng gū zhú　yí nòng
佳人学得平阳曲。纤纤玉笋横孤竹。一弄

rù yún shēng　hǎi mén jiāng yuè qīng
入云声，海门江月清。

jì yáo jīn diàn luò　xī kǒng yīng chún bó　tīng bà yǐ yī yī
髻摇金钿落，惜恐樱唇薄。听罢已依依，

mò chuī yáng liǔ zhī
莫吹杨柳枝。

在临汾市的翼城县境内有座丹子山，山下有个朱村，附近有一个丹朱墓。我们下面要讲的故事，就与墓的主人——丹朱有关。

传说，丹朱是帝尧的大儿子，从小不务正业，无论是品行和能力，都远远比不上他的父亲帝尧。

帝尧治理天下的时候，住着茅草屋，穿着粗布衣，吃着粗米饭，喝着野菜汤，就连用的器皿都是黄土做的。在他的心中，满满装的都是百姓，只要国内有一个百姓挨饿受冻，或是犯了错误，帝尧都觉得，是自己没将国家治理好。

然而，就在帝尧没日没夜关爱百姓的时候，他的儿子丹朱却每天带着一群狐朋狗友，到处吃喝玩乐。不仅如此，丹朱的脾气还很坏，人们若是稍有一点儿不顺着他，他便大发雷霆，骂人打人，人们对他憎恨不已。

有一年，国家洪水成灾，帝尧费了九牛二虎之力才把洪水治住，一些河道因此干涸，不能再行船了。可丹朱偏偏非坐船不可，河道没有水，他就叫人拉着船，在旱地上走。

帝尧知道这件事后，就做了一副围棋送给丹朱，希望他从棋中悟道，改邪归正。然而，丹朱并没有领会帝尧的苦心，没过几天，他便扔下围棋，又到处吃喝玩乐去了。

帝尧彻底失望了，他觉得丹朱没有做帝王的资质，就将他送到汾河边，再不许他回到都城。后来，帝尧了解到舜品行端正、能力突出，就将王位禅让给了他。

德化四方：帝尧年事已高，将王位禅让给舜

丹朱听说舜继承了王位，立刻招兵买马，决心要和舜一拼高下。帝尧得知消息，气愤不已，就亲自领兵来到汾河边，和丹朱打了一场仗。丹朱哪里是父亲的对手，才几个回合，他就败下阵来，向山上逃去。

丹朱看着手下的残兵败将，知道自己逃不过被剿灭的命运，只得在丹子山上跳河自尽了。丹朱死了以后，人们在丹子山上发现了一种怪鸟，它的样子像猫头鹰，爪子却跟人的手差不多。传说那怪鸟是丹朱的灵魂所变，它成天“朱、朱、朱”地叫唤，像是在申诉自己的满腹冤屈，于是人们就把它叫作咕咕鸟。

### 尧庙

据传，临汾是帝尧的都城，尧庙自然也成了这里最有名的建筑。尧庙始建于晋代，后经唐、元、明、清历代重修增建，规模不断扩大。进了尧庙，最先映入眼帘的是五凤楼，它距今已有 1300 多年的历史！出了五凤楼，就能看见尧井亭，据说亭中的水井还是当年帝尧亲手所掘的呢！

尧庙前的“天下第一井”

壶口瀑布上的彩虹

## 壶口瀑布

壶口瀑布位于临汾市吉县壶口镇，是黄河上最有名的瀑布。这里的两大著名奇景“旱地行船”和“水里冒烟”，实属世界罕见。明代陈维藩《壶口秋风》的诗中有“秋风卷起千层浪，晚日迎来万丈红”之句，真是一点儿也不夸张。

壶口瀑布的冰瀑

## 大槐树

在临汾，有一棵无人不知、无人不晓的大槐树。它位于临汾洪洞县西北的广济寺旁，据说自汉代时便栽种在此了。相传在明朝时期，朝廷见洪洞人丁兴旺，便决定从这里抽取人丁，充实周边各地。当时的移民就在大槐树下集合，前往他乡。他们纷纷折下大槐树的叶子携带在身上，用来思念故乡。

洪洞的大槐树

大槐树寻根祭祖园

# 贺兰山

西夏王陵

jìng kāng chǐ　yóu wèi xuě　chén zǐ hèn　hé shí miè
靖康耻，犹未雪。臣子恨，何时灭！

jià cháng chē　tà pò hè lán shān quē
驾长车，踏破贺兰山缺。

zhuàng zhì jī cān hú lǔ ròu　xiào tán kě yǐn xiōng nú xuè
壮志饥餐胡虏肉，笑谈渴饮匈奴血。

dài cóng tóu shōu shí jiù shān hé　cháo tiān què
待从头收拾旧山河，朝天阙。

——岳飞·《满江红·写怀》

贺兰山岩画

沙湖

岳飞的满腔怒火再也压制不住了！他站在庭院的栏杆旁，凝望潇潇秋雨，头发竖起，直冲发冠！他已是30多岁的人了，虽然功名未立，但他并不在乎。他只想出兵北伐，把贺兰山踏出缺口，直捣金人的黄龙府，洗雪靖康之耻！他再也不想苦等下去了，否则就会让满头黑发变白，空留一腔悲愤呀！

岳飞的一首《满江红 · 写怀》，让远在西北的“贺兰山”的名字跃入人们的眼帘，并为世人熟知。实际上，岳飞词中的“贺兰山”并不是位于宁夏与内蒙古交界之处，而是位于河北磁县境内，它在北宋时曾为金人所占。然而正是这样的同名，才引起了一些小小的误解，也让贺兰山的名字更加响亮，更加深入人心。

贺兰山的名称最早被发现记载于《隋书 · 赵仲卿传》：隋朝开皇三年（583年），赵仲卿为攻打突厥，出贺兰山。

贺兰山的名字是怎么来的呢？宋元之际的历史学家胡三省在《资治通鉴》注疏中这样解释：“兰，赖语转耳。”意思就是，“兰”音是源自“赖”的变音，“贺兰”其实就是“贺赖”。而今天的考古学家证实，“贺赖”是鲜卑族破多罗部族的姓氏。

在历史学家的眼中，西夏是个极其神秘的王朝，而贺兰山，就是这个神秘王朝的核心，也是他们的屯兵之地。

据说，在西夏国建立的前两年，其首领李元昊拥有 50 多万的兵力，驻守在贺兰山一带的就有 5 万人之多，贺兰山对西夏人的重要性可见一斑！但西夏再强，最终还是无法抵御蒙古铁骑的冲击。在成吉思汗的不断进攻下，西夏国消失在了历史中。

西夏人神秘地出现在了贺兰山，又神秘地消失在了这里。据说，有些幸存下来的西夏人四散逃难，一部分回到了川西北大山中的祖地。现在那里以美女著名，人们猜测是当年西夏王族的后宫佳丽逃了过来，因此留下了美貌的基因。

贺兰山

关于贺兰山，还有一个感人的传说。相传很久以前，草原上有一对青年男女。男人叫卓木，女人叫伊犁里娜，他们二人过着幸福的日子。

有一天，两个人正在家里喝着奶茶，突然间，外面刮起了大风。卓木和伊犁里娜忽然听见外面传来一阵咴咴的马叫声。他们赶紧跑出屋来察看，看见一匹小马驹全身湿漉漉的，倒在草地上挣扎。他们赶紧将小马驹抱进了屋子。

几年后，这匹小马驹长大了，卓木给它起名叫赫勒。一天，赫勒突然跪在卓木和伊犁里娜的面前，口吐人言："我不能永远留在你们身边，你们要是想念我，就大喊我的名字，我马上就会回来的。"说罢，赫勒站了起来，一声长嘶，向无边无际的草原奔去。

赫勒离开后，统治草原的魔神出现了，它贪得无厌，索要各种贡品，还把卓木和伊犁里娜给害死了！临死前，伊犁里娜奋力高声喊道："赫勒……"

赫勒听到了呼喊，拼命跑了回去。一位老人告诉它，卓木和伊犁里娜被魔神害死了！赫勒听后，悲愤不已，发誓要找魔神报仇。经过一阵激烈的打斗，魔神抵挡不住，飞也似的逃走了。赫勒追不上魔神，心想：无论如何也不能让它再回来祸害草原！于是，赫勒变成了一座石头山，挡住了魔神的去路。

变成大山之后，赫勒独自躺在草原上，每当它思念卓木和伊犁里娜的时候，就会默默地流着泪。赫勒的泪水汇成了一条小河，终年奔流不息，滋润着干旱的草原。人们把这座山叫赫勒山，后来又慢慢叫成了贺兰山。

西夏王陵俯瞰图

## 西夏王陵

贺兰山下，还有什么比西夏王陵更加神秘的呢？西夏王陵位于银川市西边的贺兰山东麓，其内分布着九座帝陵，还有 253 座陪葬墓。据测量，西夏王陵和北京明代十三陵的规模相当，也是我国现存陵园建筑中为数不多的西夏建筑形式。

## 沙湖

沙湖在贺兰山脚下，拥有万亩水域、两千亩芦苇、千亩荷池，是鸟的天堂、鱼的世界、游人的乐园。在这里，你不仅能领略古老的丝绸之路、神秘的波斯文化，还能滑沙、骑骆驼、游泳、垂钓、滑翔呢！

沙湖边就是沙漠

## 贺兰山岩画

在贺兰山东麓的石壁上，刻着数以万计的远古岩画，这些岩画记录了公元前 1 万年至公元前 3000 年的远古人类从事放牧、狩猎、祭祀、争战、娱舞等活动的场景。来到这里，你能看到在没有手机、电脑、电灯的远古时代，古代人是怎样生活的。

贺兰山太阳神岩画

岩画分类图谱

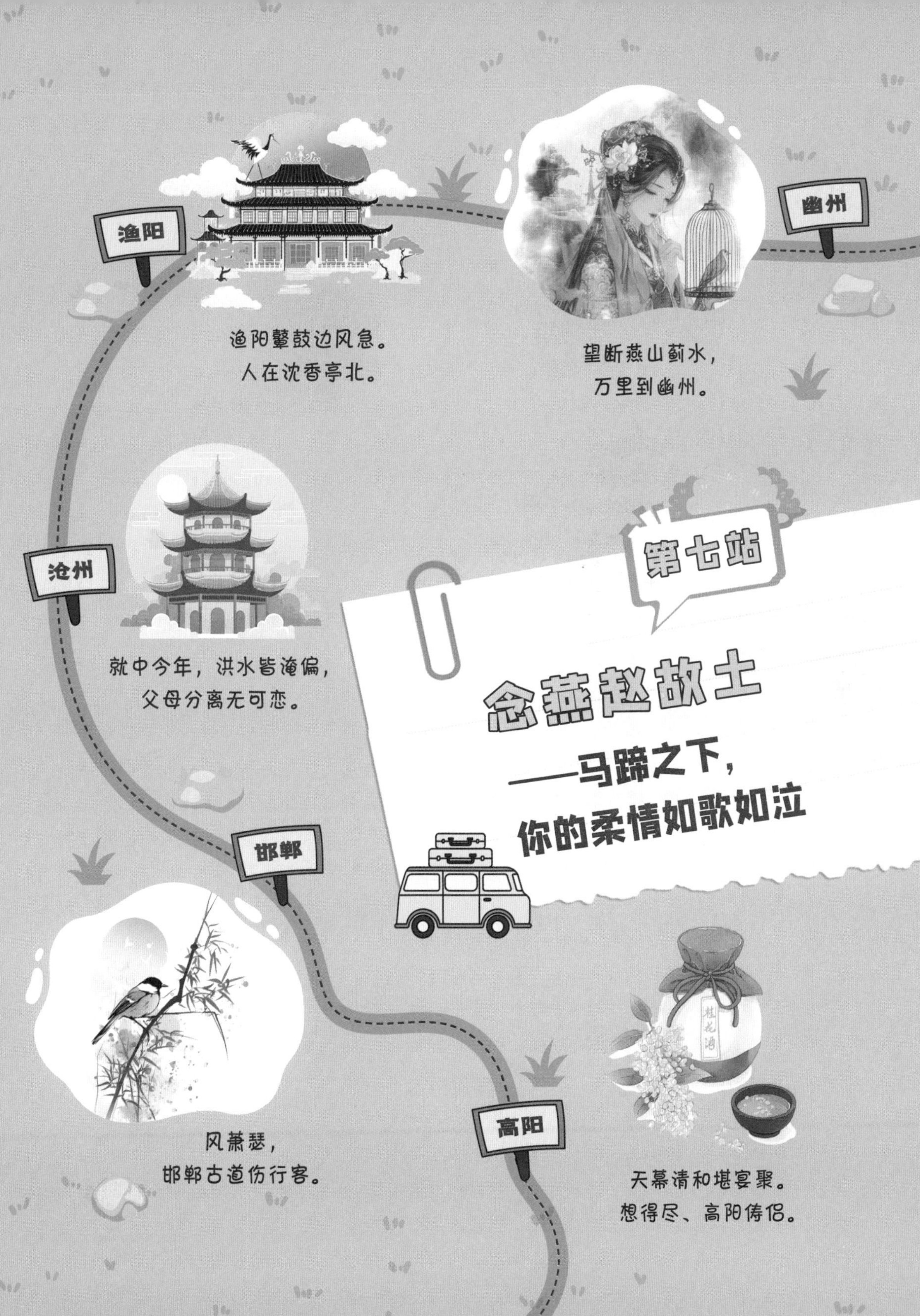
渔阳
渔阳鼙鼓边风急。
人在沈香亭北。
幽州
望断燕山蓟水，
万里到幽州。
沧州
就中今年，洪水皆淹徧，
父母分离无可恋。
第七站
念燕赵故土
——马蹄之下，
你的柔情如歌如泣
邯郸
风萧瑟，
邯郸古道伤行客。
桂花酒
高阳
天幕清和堪宴聚。
想得尽、高阳俦侣。

幽州峡谷

yì shēng fù guì　qǐ zhī jīn rì yǒu lí chóu
一生富贵，岂知今日有离愁。

jǐn fān fēng lì nán shōu
锦帆风力难收。

wàng duàn yān shān jì shuǐ　wàn lǐ dào yōu zhōu
望断燕山蓟水，万里到幽州。

hèn bìng yú shuāng yǎn　lěng lèi jiāo liú
恨病余双眼，冷泪交流。

——汪元量·《婆罗门引·四有八日谢太后庆七十》

幽州村

太后谢道清被元军俘虏之后，汪元量与她一起北上。看着这位七十岁的老妇，又想到她在被俘的情况下不得已降元的苦楚，汪元量的心中五味杂陈。幽州距离这儿有万里之遥，谢太后一生富贵，如今竟要一步步走过去，不知她的心中作何感想啊！

提起幽州，你也许和大多数人一样，第一个想到的便是北京，对不对？其实古幽州的范围非常大，包括今天的北京、天津及河北省东北部的一些地区，北京仅仅是它的一小部分！

隋朝时，隋炀帝三次出征高丽，都是以幽州为基地。到了唐代中期，又在这里设置幽州节度使，以控制来自北方的游牧民族。后来，安禄山也以幽州地区的范阳为根据地，掀起了安史之乱。

五代初期，军阀刘仁恭在这里建立地方政权，称燕王，后被后唐消灭。后晋的建立者石敬瑭为了打败后唐，投降契丹人，并把幽云十六州割让给契丹。宋太宗赵光义率军北伐时，这里的名字仍叫幽州。赵光义北伐失败后，辽国在幽州建立了陪都，称为南京幽都府，后又改名燕京。幽州这一名称自此不再被使用。

许多年后，汪元量再经过这片土地，感慨良多，写下词作《望江南·幽州九日》：

guān shè qiǎo zuò dào yuè xī xié yǒng yè jiǎo shēng bēi zì yǔ
官舍悄，坐到月西斜。永夜角声悲自语，
kè xīn chóu pò zhèng sī jiā nán běi gè tiān yá
客心愁破正思家。南北各天涯。
cháng duàn liè sāo shǒu yì cháng jiē qǐ xí xiàng chuáng hán yù
肠断裂，搔首一长嗟。绮席象床寒玉
zhěn měi rén hé chù zuì huáng huā hé lèi niǎn pí pá
枕，美人何处醉黄花。和泪捻琵琶。

幽州最让人熟知的，就是陈子昂那首著名的《登幽州台歌》：

qián bú jiàn gǔ rén hòu bú jiàn lái zhě
前不见古人，后不见来者。
niàn tiān dì zhī yōu yōu dú chuàng rán ér tì xià
念天地之悠悠，独怆然而涕下！

战国时期，燕昭王曾在幽州建了一个黄金台，用于招纳贤才。唐代诗人陈子昂登临这座黄金台之后，写了一首名垂千古的《登幽州台歌》，在这首诗的背后，还有着一个悲愤而绝望的故事。

陈子昂从青年时代起就胸怀大志，中了进士后，他因为主张颇有见地，很受武则天赏识。有一次，契丹带兵谋反，武则天派建安郡王武攸宜率军征讨，陈子昂则随军担任参谋。

到了边地之后，陈子昂发现，武攸宜不学无术，轻率而无大略，根本就是个绣花枕头！面对契丹人的猛攻，他被打得毫无还手之力，最终兵败渔阳。陈子昂看在眼里，急在心里，立即向武攸宜提出作战方案，以求转败为胜。

华谊兄弟电影世界中的武则天巨型雕像

然而，武攸宜不但不采纳陈子昂的建议，反而怀恨在心，把他从参谋降到军曹，从此不再让他过问军机大事！

陈子昂报国无门，悲愤不已，于是登上幽州台，追忆战国时期燕昭王重用乐毅等人的事情，不禁仰天长叹：“燕昭王能招贤纳士，使燕国逐渐强盛起来，而现在，知人善任的贤明君主又在哪里呢？”于是，陈子昂奋笔写下了这首《登幽州台歌》，将自己的满腹怨愤尽数融入这寥寥 22 个字中。

## 幽州峡谷

幽州峡谷也叫永定河峡谷，峡谷两侧山崖壁立，山体由石灰岩构成，深度风化。在这里，永定河像一条苍龙一般盘旋远去。

永定河古时也称漯水，隋代时被称作桑干河，金代时被称作卢沟。每年7月至8月，这里的河水自燕山峡谷急泻而下，河水挟带大量泥沙，因此又有浑河、小黄河等别称。

幽州峡谷中的官厅水库

峡谷中的幽州村

## 幽州村

幽州村在幽州大峡谷的旁边，这是一个古老的村庄，许多宅子都有几百年的历史，民房也大多用石头堆砌。这个村子还是电影《周渔的火车》的外景地呢！

这里之所以叫幽州村，是因为在历史上曾经是幽州牧治所的所在地。此外，“幽州”这个名称也与当地的地理环境有关。幽州地处北方边陲，山川险峻，气候寒冷，因此得名“幽”。

幽州盛产苹果、葡萄、樱桃等水果

# 渔阳

黄崖关长城

mǔ dān bǐ dé shuí yán sè　sì gōng zhōng　tài zhēn dì yī
牡丹比得谁颜色。似宫中、太真第一。

yú yáng pí gǔ biān fēng jí　rén zài chén xiāng tíng běi
渔阳鼙鼓边风急。人在沈香亭北。

mǎi zāi chí guǎn duō hé yì　mò xū bǎ　qiān jīn pāo zhì
买栽池馆多何益。莫虚把、千金抛掷。

ruò jiào jiě yǔ qīng rén guó　yí gè xī shī yě dé
若教解语倾人国。一个西施也得。

——辛弃疾·《杏花天·嘲牡丹》

独乐寺

盘山

牡丹花开的时节，大家都争相赞美它的美丽，只有辛弃疾一人不为所动，甚至还百般嘲讽它呢！“牡丹花啊，你的确很艳丽，就像在王宫中，杨贵妃的容貌当属第一。想当年，安史之乱即将爆发，渔阳的鼙鼓声已传遍京师，但杨贵妃与唐玄宗却还游园玩乐呢！花费千金购买很多牡丹是无益的，如果牡丹会说话的话，像倾国的美人西施一样，一个就够了，足可误吴国。”

据考证，“渔阳鼙鼓边风急”中的渔阳，就是今天天津的蓟（jì）州区。《蓟州图经》中指出，当时城西北有渔山，郡在山南，故名渔阳。

在古代，渔阳一直是征戍之地的象征。唐代诗人张仲素在《春闺思》中写道：“袅袅城边柳，青青陌上桑。提笼忘采叶，昨夜梦渔阳。”采桑女在夜里梦到的渔阳，正是她丈夫从军的地方。

渔阳在古代素有“畿（jī）东锁钥”之称，是历代兵家必争之地。春秋时期，齐、燕两国在此战事不断。到了秦代，这里是秦始皇东巡的必经之地。西汉初年，这里还是辽东王韩广与燕王臧荼（zāng tú）争雄的主要战场。汉代“飞将军”李广为右北平郡太守时，也驻守在这里抵御匈奴。

到了宋、辽、金时期，这里更是三方争夺对峙的重要战场。甚至在解放战争时期，这里也是前沿阵地，是平津战役指挥机关所在地。渔阳，这个燕山脚下的千年古城，无论它的名字如何变更，却始终无法逃脱成为战场的命运。

渔阳的鼓楼

但渔阳的魅力，并没有因为纷扰的战火而大打折扣。在燕山一带，这里风景独好，吸引了不少名人。据说，轩辕黄帝曾两次来到此地，向广成子求问治国之道。唐代名将李靖也曾隐居在这里的盘山，并每日在此拔剑起舞。文人墨客也对渔阳情有独钟，李纲就在《苏武令》中写道：

sài shàng fēng gāo　yú yáng qiū zǎo
塞上风高，渔阳秋早。

chóu chàng cuì huá yīn yǎo　yì shǐ kōng chí　zhēng hóng guī jìn　bú jì shuāng lóng xiāo hào
惆怅翠华音杳，驿使空驰，征鸿归尽，不寄双龙消耗。

niàn bái yī　jīn diàn chú ēn　guī huáng gé　wèi chéng tú bào
念白衣、金殿除恩，归黄阁、未成图报。

在渔阳，有一座“半壁山”，关于它还有一个有趣的传说呢！古时候，相传渔阳郡的九龙山中盛产一种木头，名为双芯木，是上好的建材。可不幸的是，双芯木竟然被东海龙王看中了！他想：这么好的木头，是建造龙宫的好材料呀！于是，龙王率领虾兵蟹将来到九龙山中，准备采伐双芯木。

山中正好有一条小溪，可以作为运输木材的航道。龙王命令虾兵蟹将将砍好的双芯木结成筏子，一排排顺流而下，运往东海。

然而，龙王的举动很快被山里的黑鱼精发现了。黑鱼精正想着在村里盖间房子，龙王顺水放下来的木料，正好帮了它的大忙！于是，黑鱼精就偷偷把上游漂下来的木料截了下来，藏在洞中。

很快龙王发现了黑鱼精的这个“小动作”，十分震怒。他大发龙威，一挥龙爪，径直向黑鱼精扑去！黑鱼精也修炼了许多年，虽然打不过龙王，但逃跑的本事还是有的。好汉不吃眼前亏，不等龙王扑过来，它便嗖地一下钻入泥里土遁了。

龙王扑了个空，没抓着黑鱼精，却把好端端一座山劈为了两半，从此，这个地方就被称作“半壁山”。

## 黄崖关长城

黄崖关长城在天津市蓟州区城北，东邻悬崖绝壁，西依峭壁天堑，依山傍水，紧紧扼守了水陆要冲，是比较完备的古代军事防御体系，被长城专家誉为“万里长城的缩影”。

黄崖关长城俯瞰图

盘山

## 盘山

盘山在天津市的蓟州区境内，形似一条巨龙，盘亘于京东津北，因此也有“京东第一山”之称。据说，在东汉末年，吴中地区的名士田畴（chóu）不愿接受献帝封赏，因此隐居在这里，所以人们将此地称作田盘山，简称盘山。乾隆皇帝还曾发出过“早知有盘山，何必下江南”的感叹。

盘山风景区

## 独乐寺

独乐寺始建于唐代，是天津市蓟州区境内著名的千年古寺，门上悬挂的“独乐寺”匾额据说是明代严嵩所题。而山门两侧，有两尊高大的金刚塑像，俗称“哼”“哈”二将，据闻是辽时期的彩塑珍品呢！独乐寺山门正脊的鸱（chī）尾十分生动，是我国现存古建筑中年代最早的鸱尾实物！

独乐寺的匾额

独乐寺中的观音阁

# 沧州

吴桥杂技
大世界

yù huāng nián　měi cháng jiàn
遇荒年，每常见。

jiù zhōng jīn nián　hóng shuǐ jiē yān piān　fù mǔ fēn lí wú kě liàn
就中今年，洪水皆淹偏，父母分离无可恋。

xìng wàng háo mín　jiù qǔ zhuāng jiā hàn　zuì kān shāng　hé rěn jiàn
幸望豪民，救取庄家汉。最堪伤，何忍见。

——净端·《苏幕遮》

南大港
湿地

沧州
铁狮子

净端和尚站在寺庙外，看着那些因洪水流离失所的灾民们，心中悲痛万分。每次一遇到荒年，总会发洪水，这就是祸不单行啊！那些与父母、亲人分离的灾民们面黄肌瘦，让人不忍目睹，还好有当地的豪绅相助，他们才不至于饿死。

从古至今，洪水都是一种重大灾害，它的发生大多因为长时间的暴雨，河流中的水多到无法承载，从而漫出河床，冲毁两岸的农田、房屋，给百姓造成巨大的损失。

要问古代哪里被洪水害得最苦？那要数京杭大运河旁的沧州。京杭大运河曾经福泽了很多地区，但对沧州来说，却是个噩梦。

这是为什么呢？因为京杭大运河的沧州河段是海河水系的一部分，每到多雨季节，海河流域的河流几乎同时涨水，只能倾泻到京杭大运河中。而京杭大运河在沧州城中里程最长，因此沧州也成为洪水肆虐最凶的地方。

河道决堤之时，漫天的洪水便如发疯的野兽一般扑向沧州大地，淹没所有树木、庄稼和房屋。明代于慎行在雨中路过沧州时，曾经如此写道：

guǎng chuān chéng běi yǐ piān zhōu hán sè xiāo xiāo duì yì lóu
广川城北倚扁舟，寒色萧萧对驿楼。

guò yǔ gū lú jīng wǔ mèng chéng bō fú lù jī zhōng liú
过雨菰芦惊午梦，乘波凫鹭激中流。

cháng tiān jī shuǐ qiān fān mù xié rì shū lín wǔ yuè qiū
长天积水千帆暮，斜日疏林五月秋。

zhǐ diǎn jīn tíng wèn qián lù jū rén wéi shuō gǔ yíng zhōu
指点津亭问前路，居人为说古瀛州。

诗中“古瀛州”的范围与现在的沧州有交叉。连绵不断的水灾造就了古代沧州人特殊的生活习惯，在这里，房屋大多依河坡而建，并以平顶房居多，还会把纺车挂在树上。洪水来临时，百姓便带着家中的牲畜爬到房顶上去，挂在树上的纺车也不会被洪水冲走。

纺车图

北周时期，沧州人铸造了一尊大铁狮，名为“镇海吼”，希望它能镇住泛滥的洪水，保护沧州城。关于这个铁狮子，还有一个小故事呢！

相传很久以前，沧州还是一个鱼肥米香、风景优美的好地方，这里的人们勤劳善良，飞禽走兽应有尽有。

直到有一年，沧州城外刮来一股黑色的旋风，旋风卷来黑水，所到之处房屋倒塌，庄稼淹死，百姓也纷纷被洪水卷走。美好的沧州城顿时变成了人间地狱。

原来，这是一条恶龙搞的鬼！它想独吞沧州城，用来做它的龙宫，于是它引来了渤海之水，想要淹没整个沧州！

就在人们快要绝望的时候，突然听到一声山崩地裂的怒吼。只见一头金光闪闪的雄狮从海边跃出，冲向巨龙！顿时，海面上水柱冲天，狂风大作，龙腾狮跃。金色的雄狮和恶龙从天黑一直厮杀到黎明，最后，雄狮终于占了上风，恶龙招架不住，掉头就跑。

龙跑了，海水也退了，沧州的老百姓又能安居乐业了。人们为了感谢为民除害的金色雄狮，就请一位打铁名匠，带领九九八十一个手艺高超的徒弟，用了九九八十一吨钢铁，铸造了九九八十一天，终于在当年金色雄狮跃起的地方，铸成了一尊活灵活现的铁狮子。人们将这尊铁狮子叫作“镇海吼”，又将沧州称作狮城。

## 吴桥杂技大世界

沧州的吴桥，是我国杂技艺术的发祥地。早在 1500 多年前的南北朝东魏时期，这里的墓葬壁画上，就描绘了杂技艺人表演的盛景！在这里，你可以尽情欣赏各具特色的杂技、马戏、戏法、气功、曲艺、独台戏、拉洋片、驯白鼠等表演。

吴桥杂技大世界

## 沧州铁狮子

沧州最有名的景点，莫过于铁狮子景区。据《沧县县志》记载，这尊铁狮子铸造于后周广顺三年（953年），身长大约6米，宽3米，高约5.5米，重量达到40吨。据说它是我国历史上年代最久远、体积最大、形态最精美的铸造工艺珍品！

## 南大港湿地

南大港湿地是退海河流淤积型滨海湿地。这里还是候鸟南北迁徙带与东西迁徙带的交汇点，每年都会看到大批白天鹅、丹顶鹤、白鹳等鸟类到这里栖息。如果你想亲近大自然，南大港湿地是一个不错的选择。

南大港湿地公园冬季景色

# 邯郸

学步桥

fēng xiāo sè　hán dān gǔ dào shāng xíng kè
风萧瑟，邯郸古道伤行客。

shāng xíng kè　fán huá yí shùn　bù kān sī yì
伤行客。繁华一瞬，不堪思忆。

cóng tái gē wǔ wú xiāo xī　jīn zūn yù guǎn kōng chén jì
丛台歌舞无消息，金樽玉管空陈迹。

kōng chén jì　lián tiān shuāi cǎo　mù yún níng bì
空陈迹，连天衰草，暮云凝碧。

——曾觌《忆秦娥·邯郸道上座丛台有感》

娲皇宫

武灵丛台

北风呼呼地吹，天气可真冷啊！曾觌走在邯郸古道上，看到当年繁华一时的北国名城，如今如此衰败不堪，只有凋零的草木，心中顿时伤感不已。他遥望衰草寒烟，恍惚间似乎看到了幻想中的丛台歌舞，听到了不存在的丝竹管弦声。

邯郸是哪里呢？古本《竹书纪年》中记录，邯郸城邑最早出现在商朝，距今已有3100多年的历史。战国时期，邯郸是赵国的都城，数千年来，它与“邯郸学步”“围魏救赵”等成语一起，被世人熟记于心。

不过邯郸并不是一直属于赵国，西周时期，它是卫国的属地，春秋时又被纳入晋国。直到晋定公十二年（前500年），晋国的正卿赵鞅将邯郸纳入“自己家”，后来三家分晋，邯郸才正式归属了赵国。秦始皇统一六国后，将全国分为三十六郡，邯郸又成为邯郸郡的首府。汉朝时，刘邦封其爱子如意为赵王，并重建邯郸宫城，富丽堂皇的温明殿即建于此时。

直到西汉后期，邯郸城仍有“富冠海内、天下名都”之称，是除国都长安之外，与洛阳、临淄、成都、南阳并列的全国五大都会之一。粗略一算，从战国到东汉，邯郸的兴盛长达500年之久！

李之仪在《蝶恋花》中写道：

wàn shì dōu guī yí mèng liǎo céng xiàng hán dān zhěn shàng jiào zhī
万事都归一梦了。曾向邯郸，枕上教知

dào bǎi suì nián guāng shuí dé dào qí jiān yōu huàn zhī duō shǎo
道。百岁年光谁得到。其间忧患知多少。

wú shì qiě pín kāi kǒu xiào zòng jiǔ kuáng gē xiāo qiǎn xián fán
无事且频开口笑。纵酒狂歌，销遣闲烦

nǎo jīn gǔ fán huā chūn zhèng hǎo yù shān yí rèn zūn qián dǎo
恼。金谷繁花春正好。玉山一任樽前倒。

这首词中的“曾向邯郸，枕上教知道”，和唐代沈既济的传奇《枕中记》有关。卢生在邯郸的客店里做了一个享尽荣华富贵的梦，美梦醒来，店家煮的小米还没熟。由此概括出了一个成语“黄粱一梦”。

邯郸是著名的“成语之乡”，如“完璧归赵”“价值连城”“邯郸学步”“一言九鼎”“奇货可居”等，这些成语都是在邯郸境内发生，并流传到全国各地的！

《庄子·秋水》中曾记载了这样一件事：2000多年前，在燕国寿陵有一位少年，他吃穿不愁，长相也不错，可不知为什么，他就是缺乏自信心，经常无缘无故感到低人一等。

清末民国初上海文瑞楼石印本《庄子》

在他心目中，别人家的衣服比自家的好，别人家的饭菜也比自家的香，就连站相和坐相，他也觉得别人比自己要高雅得多。因此这位寿陵少年见什么就学什么，但总是学了别人的、忘了自己的。家里人见他如此，便极力劝他改一改这个坏毛病，可是并不奏效。

有一天，这位少年在路上碰到几个人，听到他们在讨论邯郸人的步态如何美妙。寿陵少年的心立刻就痒了起来，开始对邯郸人走路的样子想入非非。可是邯郸人走路的姿势究竟是怎样的呢？寿陵少年无论如何也想象不出来。终于有一天，他瞒着家人，跑到遥远的邯郸去了！

到了邯郸之后，他处处觉着新鲜：看到小孩走路，觉得活泼可爱，于是学上几步；看见老人走路，觉得稳重老成，又学着走几天；看见女人走路，觉得摇曳多姿，绝妙极了，便又学了起来。

就这样，不过半月光景，他将邯郸人走路的样子统统学了个遍，可是他不但一种走法都没学成，就连自己原本走路的样子也忘记了！就这样，寿陵少年的路费花光了，路也不会走了，只好灰溜溜地爬着回家了。

### 学步桥

在邯郸市的北关街，有一座学步桥，它原本是木桥结构，因经常遭水冲毁，在明代万历四十五年（1617年）时，被改建为拱券形石桥。在这座古桥的旁边，放有一个年轻小伙子在一对步履优雅的人后边爬行的石雕，这便是邯郸学步的典故。

学步桥上的石狮子

## 武灵丛台

武灵丛台位于邯郸市中心的丛台公园内，是古代赵王检阅军队与观赏歌舞的地方，也是古邯郸城的象征。武灵丛台上原有天桥、雪洞、花苑、妆阁诸景，结构严谨，装饰美妙，曾名扬列国。现存的古台则是明清以来的修复建筑，虽已非原貌，但仍不失古典亭榭的独特风格。

## 娲皇宫

在邯郸涉县的西北方向，有一座娲皇宫，宫中供奉着古代神话中的女娲娘娘。这座行宫始建于北齐时期，迄今已有 1400 年历史。据《路志》《独异志》等典籍记载，女娲抟（tuán）土造人，送子继嗣，后又炼五色石以补苍天，断鳌足撑住了天的四极，从那之后，人类和万物才得以生息和繁衍。

娲皇宫

娲皇宫中的女娲像

# 高阳

清西陵

tiān mù qīng hé kān yàn jù　xiǎng dé jìn　gāo yáng chóu lǚ
天幕清和堪宴聚。想得尽、高阳俦侣。

hào chǐ shàn gē cháng xiù wǔ　jiàn yǐn rù　zuì xiāng shēn chù
皓齿善歌长袖舞。渐引入、醉乡深处。

wǎn suì guāng yīn néng jǐ xǔ　zhè qiǎo huàn　bù xū duō qǔ
晚岁光阴能几许。这巧宦、不须多取。

gòng jūn bǎ jiǔ tīng dù yǔ　jiě zài sān　quàn rén guī qù
共君把酒听杜宇。解再三、劝人归去。

——柳永·《思归乐》

狼牙山

白洋淀

今天难得和这么多朋友聚在一起，柳永的心中可真高兴呀！他想起秦朝末年号称“高阳酒徒”的郦食其（lì yì jī）的故事，他多希望在座的好友也能像郦食其一样忠肝义胆呀！酒不醉人人自醉，柳永的眼前开始泛起重影，他借着酒意说：“我已经老了，更要坚守晚节，不能效仿那些溜须拍马的官吏！”

“高阳”这个词因秦末楚汉争霸时期的郦食其而著名。当时刘邦忙于争天下，不喜与儒士交谈，郦食其自称“高阳酒徒”，才得以与刘邦相谈，最后为刘邦取得天下做出了贡献。在古代诗词中，“高阳”多半和饮酒的人有关，用的就是郦食其的典故。

高阳县位于河北省保定东部，《汉书》中说它“在高河之阳”，因此得名高阳。

你知道颛顼吗？他是神话传说中的上古五帝之一。相传，颛顼的父亲昌意是黄帝与嫘祖的次子，曾被封于若水，娶蜀山氏之女昌仆为妻，生下了颛顼。

颛顼性格深沉而有谋略，15岁时就辅佐少昊治理九黎地区。那时九黎地区信奉巫教，崇尚鬼神，一切都靠占卜来决定。颛顼为了解决这个问题，决定改革宗教，禁止民间从事巫蛊活动，渐渐地，社会才又开始恢复了正常。相传，高阳是颛顼的初封之地。

黄帝死后，年仅20岁的颛顼被立为帝。颛顼帝在位期间，对统治的区域进行了明确规划，确定了九州的名称和分辖区域。他还制定了《颛顼历》，定下四季和二十四节气的雏形，因此后人也推戴他为“历宗”。

高阳在宋代是一座雄伟的城市，在宋代晁（cháo）端礼的《望海潮》中就记录了高阳当时的盛景：

gāo yáng fāng miàn　hé jiān dū huì　sān guān dì zuì chēng xióng
高阳方面，河间都会，三关地最称雄。
fěn dié wàn céng　jīn chéng bǎi zhì　lóu héng yí dài cháng hóng
粉堞万层，金城百雉，楼横一带长虹。
yān sù liǎn qíng kōng　zhèng wàng mí píng yě　mù duàn fēi hóng
烟素敛晴空。正望迷平野，目断飞鸿。
yì shuǐ fēng yān　fàn yáng shān sè yǒu wú zhōng
易水风烟，范阳山色有无中。

在古时候的高阳县城，还流传着一个“小金猪”的故事。

在明朝嘉靖年间，有一个道士在各地巡游。有一天，他看到一束宝光从地面直冲天际，便跟着这束光，一路来到高阳旧城，并住进了一家客栈里。

夜深人静，道士出了客栈，往城南走去，发现有一个大水坑。道士知道，这个大水坑是当年颛顼帝饮马的水槽，据说还是他藏宝的地方呢！于是道士断定，肯定有一批无价之宝，被埋在这个大水坑中！

颛顼像

于是，道士回到客栈，假装什么事也没有发生过。接着，他又去了隔壁的豆腐作坊，买了一大堆豆腐渣回去。就这样，时间一天一天过去了，道士每天都从豆腐作坊中买豆腐渣，无论刮风下雨，从未间断。

一个多月之后，豆腐坊的老板起了疑心，他心想：这道士每天买这么多豆腐渣，到底做什么用呢？于是，一天晚上，豆腐坊的老板偷偷跟踪道士，想看个究竟。

他看到道士担着两担豆腐渣，从客栈里溜了出来，来到城南的大水坑边。这时，只见一群大小不等的肥猪从水坑里钻出来，纷纷奔向装豆腐渣的担子。道士一边喂一边数：“1、2、3、4、5……”

豆腐坊老板不由得叫了出来：“啊！原来你买豆腐渣是……”不想，他话音未落，那些肥猪便一个个像发了疯似的往水里跳，很快消失得无影无踪！

道士像泄了气的皮球一样，无奈地对老板说：“我的好事都让你给搅了！这个水坑里一共有 100 头猪，我只要喂上七七四十九天，它们就会变成金猪！”

豆腐坊老板听后，追悔莫及。两人只好垂头丧气地走回客栈。

## 清西陵

清西陵

清西陵位于保定市易县的永宁山下，是清代四位皇帝的陵寝之地，包括雍正的泰陵、嘉庆的昌陵、道光的慕陵和光绪的崇陵，以及若干妃子、公主的陵寝，每座陵寝都严格遵循皇室建陵制度，皇帝陵、皇后陵、王爷陵均采用黄色琉璃瓦盖顶，公主、阿哥及妃陵均用绿色琉璃瓦盖顶。

白洋淀全景

## 白洋淀

白洋淀位于河北省保定市的安新县境内，是华北平原上最大的淡水湖，素有“华北明珠”之誉。抗日战争时期，白洋淀的民兵还成立了著名的“雁翎队”，利用河湖港汊（chà）开展游击战争，经常将侵略军打得焦头烂额。著名作家孙犁的代表作《荷花淀》中对此有记述。

白洋淀中的荷花

## 狼牙山

你一定听过“狼牙山五壮士”吧！抗战期间，日军扫荡狼牙山，为掩护主力部队撤退，八路军战士马宝玉、葛振林、宋学义等五人，激战五小时，打完最后一颗子弹，英勇跳崖。为了纪念五壮士的壮举，人们在狼牙山的主峰之上建造了纪念塔，聂荣臻元帅又在塔上亲笔书写了“狼牙山五勇士纪念塔”几个大字。

狼牙山五勇士纪念塔

狼牙山风光

彭泽
江州
黄菊正怀彭泽，
白衣俄致江州。
一曲琵琶思往事，
青衫泪满江州。
第八站
赣州
郁孤台下清江水，
中间多少行人泪。
观雄江两岸
——在那片充满奇迹
的土地上
滁州
徐州
环滁皆山也。
望蔚然深秀，琅琊山也。
回首彭城，
清泗与淮通。

# 江州

浔阳楼

shí lǐ hóng lóu yī lǜ shuǐ dāng nián duō shǎo fēng liú
十里红楼依绿水，当年多少风流。

gāo lóu chóng shàng shǐ rén chóu yuǎn shān jiāng luò rì yī jiù shàng lián gōu
高楼重上使人愁。远山将落日，依旧上帘钩。

yì qǔ pí pá sī wǎng shì qīng shān lèi mǎn jiāng zhōu
一曲琵琶思往事，青衫泪满江州。

fǎng lín xiū wèn dù jiā qiū hán yān shā wài niǎo cán xuě dù páng zhōu
访邻休问杜家秋。寒烟沙外鸟，残雪渡傍舟。

——秦观·《临江仙》

含鄱口

白鹿洞书院

绿水之畔，十里红楼连成片，如今秦观重上高楼，而过去的风流生活已然不再，都被忧愁取代。秦观眺望着远山和落日，耳边传来琵琶声，不由为之动容。他想起了白居易《琵琶行》中“江州司马青衫湿”的诗句，忽然心生“同是天涯沦落人”的感慨。

秦观词中所提到的江州，就是今天的九江。这个名字是怎么来的呢？历来有两种说法：第一种说法是，“九”在古代通常是虚指，代表数量多，而“九江”的意思便是“众水汇集的地方”；第二种说法是，九江是赣江水、鄱(pó)水、余水、修水、淦(gàn)水、盱(xū)水、蜀水、南水、彭水这九条江河汇集的地方。

来到九江，你能看到“星垂平野阔，月涌大江流”的万里长江，“落霞与孤鹜齐飞，秋水共长天一色”的鄱阳湖，被苏轼赞叹为“横看成岭侧成峰”的庐山奇峰，被李白形容“飞流直下三千尺，疑是银河落九天”的庐山奇瀑，被张维屏称赞为“白如雪，软如绵，光如银，阔如海”的庐山云雾。

鄱阳湖的景色

提及江州，就不得不说到被称为“江州司马”的唐代诗人——白居易。白居易曾被贬江州，一日在浔阳江上送客时，偶然遇见一位来自长安的琵琶女。白居易被她的琵琶声和经历感动，于是写下名篇《琵琶行》，并在诗中自称“江州司马”。后世许多词人也喜欢引用“江州司马”的典故，黄庭坚就在《品令·送黔守曹伯达供备》中写道：

bài yè shuāng tiān xiǎo jiàn gǔ chuī cuī xíng zhào zāi chéng táo lǐ wèi
败叶霜天晓。渐鼓吹、催行棹。栽成桃李未

kāi biàn jiě yín zhāng guī bào qù qǔ qí lín tú huà yào jí nián shào
开，便解银章归报。去取麒麟图画，要及年少。

quàn gōng zuì dǎo bié yǔ zěn xiàng xǐng shí dào chǔ shān qiān lǐ mù yún
劝公醉倒。别语怎向醒时道。楚山千里暮云，

zhèng suǒ lí rén qíng bào jì qǔ jiāng zhōu sī mǎ zuò zhōng zuì lǎo
正锁离人情抱。记取江州司马，坐中最老。

在九江，有一个白鹿洞书院，书院的创始人可以追溯到唐朝的李渤。1200多年前，正值青春年少的李渤，在五老峰东南麓的一个山洞里隐居读书。据说，为了苦心研读，整整两年他都未曾离开山洞一步！

李渤日夜攻读的刻苦精神，感动了一只白鹿。为陪伴李渤读书，它来到李渤身边，成了李渤形影不离的伙伴。每天黎明，这只白鹿便引颈长鸣，被唤醒的李渤就会走出山洞，迎着朝霞读书。而到了夜晚，寒气降临，白鹿又衔来一

件长袍，轻轻给李渤披上。到了深夜，当李渤疲惫地伏案而睡时，白鹿又只身奔进深山，衔来山参给李渤滋补身体。

为使李渤专心读书，白鹿还为他购买笔墨纸砚。只要李渤将钱与物品清单挂在鹿角上，它就会从松林小径跑到小镇里，将李渤要买的东西如数购回。数年之后，李渤成就功名，当了江州刺史。当他再回洞中寻找白鹿时，白鹿早已腾云驾雾返回天庭了。为了纪念白鹿，李渤就将当年读书的山洞命名为白鹿洞。

## 浔阳楼

浔阳楼位于九江市九华门外的长江之滨，因九江古称浔阳而得名，至今已有1200 多年的历史。真正使浔阳楼出名的却是古典名著《水浒传》。小说中的宋江题反诗、李逵劫法场等故事使浔阳楼名噪天下。

浔阳楼美景

## 白鹿洞书院

白鹿洞书院为宋代四大书院之一，位于庐山五老峰南麓后屏山下，虽号为“白鹿洞”，但实则并非洞穴，只因四周青山怀抱，貌如洞状而已。《庐山恋》《红楼梦》《聊斋》《郑和》等影视作品都曾在这里拍摄采景。

白鹿洞书院

含鄱口

## 含鄱口

含鄱口地势险要，清代诗人曹树龙写得最真切：“高空谁劈紫金芙，远水长天手可揄。拟似巨鲸张巨口，西江不吸吸鄱湖。”在这里漫步，北可望五老峰，东可瞰鄱阳湖，南可眺大汉阳峰，西可观庐山植物园。含鄱口南端建有一石坊，中央刻有“含鄱口”字样，坊后山脊上有一伞顶圆亭，名叫含鄱亭，周围有林木掩映，非常和谐自然。

含鄱口日出

# 彭泽

马当炮台

huáng jú zhèng huái péng zé　bái yī é zhì jiāng zhōu
黄菊正怀彭泽，白衣俄致江州。

dēng gāo yú zuì kuài fú tóu　cǐ kuàng yì jiān qíng hòu
登高余醉快扶头，此贶义兼情厚。

tòng yǐn hái xū jiǔ duì　qīng yín kuàng zhí shī liú
痛饮还须酒对，清吟况值诗流。

qīng tóu wú xī wàn jīn chóu　mù lǐ jiù xiān qióng jiǔ
轻投无惜万金酬，木李旧先琼玖。

——王之道·《西江月·和张文伯谢曾子修送酒》

龙宫洞

这是一首和词，词中的内容并不写实，但和原词的主题应该是相关的，表达了对主人慷慨赠酒行为的感谢之情，并表示要以“琼玖”报“木李”，报答主人的深情厚谊。

王之道这首词中的“彭泽”，其实指的是鼎鼎大名的“陶彭泽”——曾任彭泽令的陶渊明。而彭泽这个地方也正是因为有了陶渊明的故事而广为人知。其实，彭泽是长江南岸一处不得不去的地方。这里山灵水秀，风光旖旎，宋代诗人王十朋曾在此留下“青山好处唯彭泽”的名句。

彭泽于汉高祖六年（前 201 年）时建县，因“彭蠡泽（今鄱阳湖）在西”而得名。这里位于江西北陲，素有“七省扼塞”“赣北大门”之称。曾国藩攻打太平军的时候曾说：“不拔彭泽，不可以克九江，不克九江，不可以复江南，一邑而系天下。”足可见彭泽的重要地位！

彭泽山川灵秀，风物宜人，万里长江在此惊涛似雪。明代著名戏剧家汤显祖曾留下“经知彭泽天多水”的名句。这里还有一座旧县塔，是这里唯一尚存的古建筑。据县志记载，这座塔为唐代所建，重修于明代。

在旧县塔的东边，曾有一处唐代时修建的“狄公生祠”。公元 689 年，狄仁杰被贬为彭泽令。他来彭泽时正值江南大旱成灾，农田颗粒无收。狄仁杰当即为民请命，奏请朝廷减免彭泽的一切租税。年底时，狄仁杰又将牢内的囚徒逐一审理，辨析冤情，并全部放回家中过年。他与这些囚徒约定期限返狱，到了约定期限，仅仅有两个人迟到。一个是因为住在江对岸，当时大风呼啸，舟楫不通；另一个是因为母亲病故治丧，耽误了几日。

狄仁杰像

除了狄仁杰，彭泽不得不提的名人就是陶渊明。公元405年，陶渊明出任彭泽县令。可当时的晋朝政治环境腐败，大小官员全都趋炎附势，丝毫不关心百姓疾苦。

一天，陶渊明接到消息，说郡里派来视察的督邮就要到了，要他整理衣装，亲自迎接。陶渊明知道那个督邮是个依仗权势又无知无识的纨绔子弟，一想到自己将要整冠束带、强作笑脸去迎候这种小人，便气不打一处来。他愤愤地说："我怎么能为了五斗米的官俸，去向那种卑鄙小人折腰呢？"

陶渊明像

于是，陶渊明一气之下离开了衙门，板着脸回到了家。一进家门，他就冲着妻子大声喊道："收拾行装，回乡！"

妻子见状，劝说他忍一忍，可是陶渊明对官场的厌恶早已深重，去意已决，说什么也不再做官了！没办法，妻子只好默默地将行装收拾好，跟着陶渊明乘船离开了彭泽，回到老家柴桑。

就这样，在彭泽当了80多天的县令后，陶渊明永远脱离了官场，过上了隐居的生活。

陶渊明看中气节、不为五斗米折腰的精神被历代文人赞颂，宋代词人杜安世也在《行香子》中称赞道：

huáng jīn yè xì bì yù zhī xiān chū nuǎn rì dāng zhà qíng
黄金叶细，碧玉枝纤。初暖日、当乍晴
tiān xiàng wǔ chāng xī pàn yú péng zé mén qián táo qián yǐng zhāng xù
天。向武昌溪畔，于彭泽门前。陶潜影，张绪
tài liǎng xiāng qiān
态，两相牵。

shù zhū dī miàn jǐ shù qiáo biān nèn chuí tiáo xù dàng qīng mián
数株堤面，几树桥边。嫩垂条、絮荡轻绵。
jì cháng jiāng zé měng fú shēn yuàn qiū qiān hán shí xià bàn hé yǔ
系长江舴艋，拂深院秋千。寒食下，半和雨，
bàn hé yān
半和烟。

## 马当炮台

马当炮台在彭泽县马当镇东北方向的马当山上，这里江面狭窄，水流湍急，地势险要，为历代兵家必争之地。

孙中山铜像

1840 年，清政府下令沿江建筑炮台防守，马当炮台因此而建。民国成立之时，孙中山先生视察马当炮台，曾亲笔书写“中流砥柱”四字，刻于矶头岩石上，后在抗日战争时期，被日军飞机炸毁。

军阀混战时期，军阀孙传芳于 1926 年败退时，又将炮台拆卸一空。现此地仅有三座炮台遗迹尚可辨认。

古老的大炮

## 龙宫洞

在彭泽县城的西南部，有一处名为乌龙山的山麓，神奇秀美的龙宫洞就位于此处。龙宫洞是一个位于深山底部的溶洞，因洞内风光酷似《西游记》中所描述的东海龙宫而得名。

龙宫洞全长约 1600 米，洞内小桥流水，钟乳倒悬，石笋擎天，宫廷楼阁，造势奇特，千姿百态。最令人惬意的是，无论盛夏或隆冬，整个龙宫洞内的温度都保持在 18℃左右，可谓四季如春。

钟乳石和石笋

五彩斑斓的“洞中世界”

# 赣(gàn)州

赣州古城墙

yù gū tái xià qīng jiāng shuǐ zhōng jiān duō shǎo xíng rén lèi
郁孤台下清江水，中间多少行人泪。

xī běi wàng cháng ān kě lián wú shù shān
西北望长安，可怜无数山。

qīng shān zhē bú zhù bì jìng dōng liú qù
青山遮不住，毕竟东流去。

jiāng wǎn zhèng chóu yú shān shēn wén zhè gū
江晚正愁余，山深闻鹧鸪。

——辛弃疾·《菩萨蛮·书江西造口壁》

通天岩

古浮桥

辛弃疾站在郁孤台上，看着台下的清江水，惆怅不已。他就这样站在高处，向西北眺望昔日的都城汴京，可惜群山一层又一层，遮住了他的视线！辛弃疾在心中想："青山无法阻挡江水滚滚东流，只留我在黄昏中，独立江边，听着深山里鹧鸪鸟凄凉的叫声啊！"

你知道吗？在客家人迁入之前，赣州几乎是一片未经开发的蛮荒之地，王安石曾描绘此地是"大山长谷，荒翳(yì)险阻"。据说，赣州最早的开发者是秦始皇！他要建造阿房宫，因此派了一批降卒前来伐木，而这些人便是最早进入赣州的客家人。

在赣州老城区有座山，山顶有座楼阁，名叫郁孤台。郁孤台可是赣州的文化标志呢！辛弃疾的《菩萨蛮·书江西造口壁》，其中一句"郁孤台下清江水"，令后世人交口称赞，也使郁孤台与赣州皆名扬天下。

郁孤台

登上郁孤台，你能看见辛弃疾身披风衣的塑像，他的长须似在风中微微飘动，宽大的手掌紧握着剑柄，剑的一截已悄然出鞘。在那欲拔未拔、半截出鞘的剑锋里，辛弃疾悲愤郁结、壮志难酬的愁肠尽显眼前。这正对应了楼内的那副楹联：“郁结古今事，孤悬天地心。”

当然，除了辛弃疾外，也有很多文人墨客来到赣州，写下不少歌颂的名篇。戴复古的《念奴娇》就是其中之一：

dà jiāng xī shàng　yù gū tái bā jìng　rén jiān tú huà
大江西上，郁孤台八境，人间图画。
dì yǒng qiān fēng yáo cuì làng　liǎng pài yù hóng rú xiè
地涌千峰摇翠浪，两派玉虹如泻。
tán yā jiāng shān　pǐn tí fēng yuè　sì hǎi jīn wáng xiè
弹压江山，品题风月，四海今王谢。
fēng liú rén wù　rú gōng yí shì xióng yě
风流人物，如公一世雄也。

当然，赣州城不仅有文人墨客的欣赏，还有一个有趣的传说呢！据说，元朝末年，熊天瑞盘踞在赣州，于是朱元璋派大将常遇春前去攻打。但因赣州城三面环水，易守难攻，常遇春围攻了数月，仍然无计可施。他只得上书朱元璋，请求刘伯温亲临赣州。

刘伯温到了赣州后，先围着城池走了一圈察看地形，然后对常遇春说：“赣州城三面环水，如用水攻，则会立即不攻自破。”常遇春听闻，立刻着手去做。

很快，常遇春惊奇地发现：水攻竟然不起作用！赣州城能浮在水上，江水漫得多高，这座城池便会浮起多高！

这可急坏了常遇春，他只好又把刘伯温请来。刘伯温来到一看，不禁感叹道："我也只听过'浮州'的传说，今天才算真见到了！"

为了搞清赣州城水淹不进的原因，刘伯温登上此城南面的最高峰。他从高处往下看，只见山下赣州城的形状就像一只巨龟，头朝南，尾向北，城内的四个码头正是巨龟伸向江水中的四肢。

刘伯温很快有了主意。他命人铸五根巨型铁柱，并将它们钉在四座码头处。据说，刘伯温的铁柱钉下后，"巨龟"血流三日，染红了三江之水。半个月后，常遇春再次发动水攻，这一次，赣州城没能幸免于难，汹涌的江水涌进城内，熊天瑞只得投降了。

现在，赣州城的建春门外、涌金门外、西津门外和镇南门外四个大码头还留有铁柱，几百年来用于系揽大船。据说，自从刘伯温将铁柱钉下之后，每当洪水泛滥时，赣州城便不再能免遭其患了。

古城墙

## 赣州古城墙

赣州古城墙是中国五大古城墙之一，它始建于晋代。现在能看到的保存较完整的砖砌石城墙，是北宋年间补建的。赣州宋城墙全长 3664 米，其上保留有数以万计带有文字的城砖，这种砖被称为铭文砖，上面载有不同时代的不同内容，主要是哪一年、由谁人督造、由哪个窑烧造等信息。

古城墙内景

## 古浮桥

赣州古浮桥正名为惠民桥，始建于南宋时期，迄今已有 800 多年的历史。它的始建者叫洪迈，是江西鄱阳人，曾在赣州当过知军。如今，每当赣江水运繁忙的时候，每天上午 9 时和下午 4 时都要将这座浮桥开启一次，让船只通过。这一古老的交通设施，在赣州已沿用了 800 多年，构成了赣州这座历史文化名城特有的人文景观。

水上浮桥

## 通天岩

通天岩是典型的丹霞地貌风景区，山中有很多天然岩洞，因其中一个岩洞顶上有窟窿可以看到天，故名通天岩。通天岩石窟开凿于唐朝，兴盛于北宋，至今保留着唐宋以来的石龛造像358尊，北宋至民国的摩崖题刻128处，被誉为“江南第一石窟”。

通天岩被誉为“江南第一石窟”

通天岩石窟中的佛像

# 滁州

醉翁亭

huán chú jiē shān yě　wàng wèi rán shēn xiù　láng yá shān yě
环滁皆山也。望蔚然深秀，琅琊山也。

shān xíng liù qī lǐ　yǒu yì rán quán shàng　zuì wēng tíng yě
山行六七里，有翼然泉上，醉翁亭也。

wēng zhī lè yě　dé zhī xīn　yù zhī jiǔ yě
翁之乐也。得之心、寓之酒也。

gèng yě fāng jiā mù　fēng gāo rì chū　jǐng wú qióng yě
更野芳佳木，风高日出，景无穷也。

——黄庭坚·《瑞鹤仙》

琅琊古道

让泉

琅琊山

滁州的四周被群山环绕，那最蔚然深秀的，便是著名的琅琊山了！一起沿着山路向山上走吧！行走六七里地，有一处清泉，清泉之上，是那著名的醉翁亭。醉翁的欢乐，来自明媚秀丽的山水，体现于酣畅的痛饮中。看此地芳草佳木，天高气爽，真是美景无穷，其乐无穷！

你一定听说过《醉翁亭记》吧！那是欧阳修的一篇著名散文，滁州也因他的名篇而闻名四方。后来，宋代词人纷纷根据《醉翁亭记》作词，黄庭坚的《瑞鹤仙》就是其中之一。

滁州这个名字在隋朝时就出现了，据说因滁河贯通境内，所以名为“滁州”。滁州城边，蔚然深秀的琅琊山倾倒了无数文人。登上滁州琅琊山顶，你能看到“春华秋实”“夏荷冬雪”的盛景，这里无论晴雨都有别样风韵，时时迷人。

琅琊山中林壑幽美、溪流淙淙，密林之中掩映着建于唐代的琅琊寺，还有集“古驿道、古关隘、古战场”于一体的“金陵锁钥”清流关。山间摩崖石刻遍布，观自在菩萨石刻像被称为“镇山之宝”。

滁州，不仅以自然山水之美著称于世，人文景观更是璀璨夺目。唐宋以来，历

代文人都会来到此地，留下诗文。辛弃疾在《声声慢 · 滁州旅次登楼作和李清宇韵》中就写道：

zhēng āi chéng zhèn　xíng kè xiāng féng　dōu dào huàn chū céng lóu
征埃成阵，行客相逢，都道幻出层楼。
zhǐ diǎn yán yá gāo chù　làng yōng yún fú
指点檐牙高处，浪拥云浮。
jīn nián tài píng wàn lǐ　bà cháng huái　qiān qí lín qiū
今年太平万里，罢长淮、千骑临秋。
píng lán wàng　yǒu dōng nán jiā qì　xī běi shén zhōu
凭栏望，有东南佳气，西北神州。

在滁州，最有名的莫过于滁菊。据史料记载，自唐朝时起，当地人就有用滁菊沏茶、泡酒、入药及馈赠好友的习俗。滁菊生长在风景秀丽的琅琊山上。相传，欧阳修在这里做太守时，在一次聚会中开怀畅饮，酩酊大醉。家人便以滁菊沏茶为他醒酒。欧阳修喝后立即感到心旷神怡，酒意全消。他这才思绪灵动，一气呵成，写下《醉翁亭记》，流芳百世。

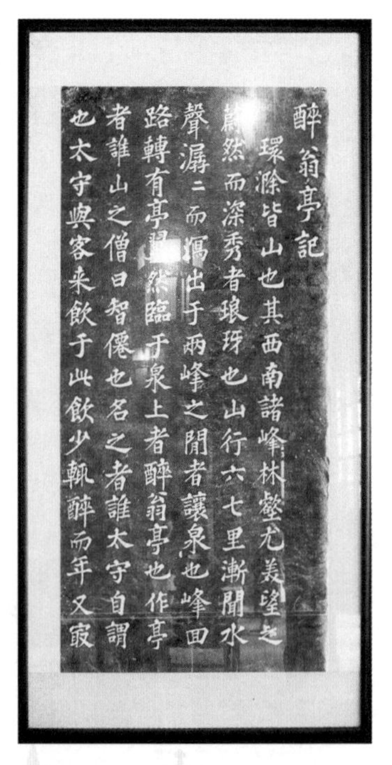
醉翁亭記
環滁皆山也其西南諸峰林壑尤美望之
蔚然而深秀者琅琊也山行六七里漸聞水
聲潺潺而瀉出于兩峰之間者釀泉也峰回
路轉有亭翼然臨于泉上者醉翁亭也作亭
者誰山之僧曰智僊也名之者誰太守自謂
也太守與客來飲于此飲少輒醉而年又最

扬州大明寺欧阳祠中的《醉翁亭记》拓片

传说中，滁州的滁菊还是明朝开国皇帝朱元璋和皇后马氏的牵线人呢！ 1352 年深秋，朱元璋在郭子兴的允许下，独自率领一路义军，南征定远、滁州等地。可攻打滁州清流关时，却遭遇强敌，久攻不下。

朱元璋因其麾下士兵伤势严重，无法应战，被敌军一路追杀。当受伤的朱元璋逃到滁州西郊的大柳镇时，他灵机一动，躲进了附近的菊花地里。可他万万没有想到，自己这一躲，便躲出了一桩姻缘。

好心的马爷爷和孙女小花在菊花地里发现了朱元璋，他们将这个受伤的青年带回了家，并用滁菊给他内服外敷。20 多天之后，朱元璋的伤竟然痊愈了。后来，朱元璋与小花结为夫妻。据村人说，小花就是后来人称“马大脚”的马皇后，也就是朱元璋的原配夫人。当然，这只是个传说而已，历史上的马皇后是元末江淮地区红巾军领袖郭子兴的养女，和滁菊的关系不大。

### 醉翁亭

琅琊山上的醉翁亭，与北京陶然亭、长沙爱晚亭、杭州湖心亭并称“中国四大名亭”。醉翁亭紧靠峻峭的山壁，小巧独特，飞檐凌空挑出。欧阳修任滁州太守时，经常到这里游玩、饮酒或办公，还为它写了《醉翁亭记》呢！亭的西侧有古梅一株，相传是欧阳修亲手栽种的，故称“欧梅”。

醉翁亭

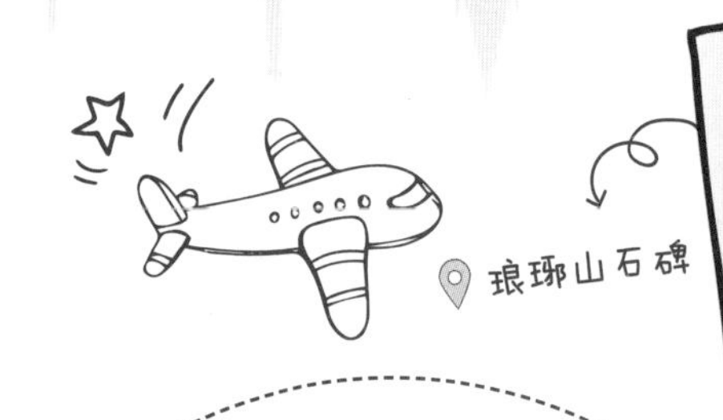

琅琊山石碑

## 琅琊山

琅琊山在滁州市西南方向，因欧阳修的《醉翁亭记》为世人所晓。其景区以茂林、幽洞、碧湖、流泉、名亭、古寺为主要景观。琅琊山中还有始建于唐代的琅琊寺，寺中有著名的唐吴道子画观音像、唐李幼卿等人的摩崖碑刻。

琅琊寺

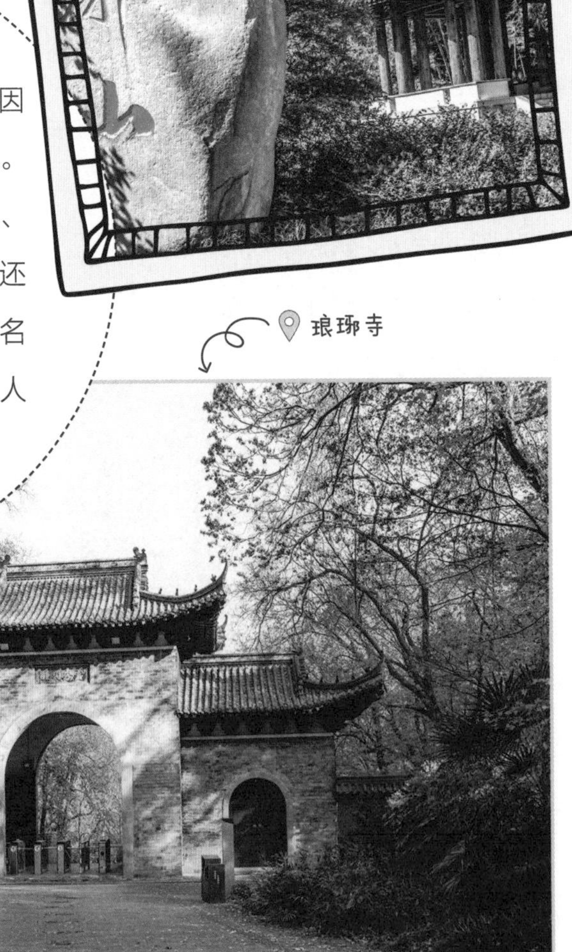

## 让泉

醉翁亭下，有一处清泉，名为“让泉”，这里的泉水“甘如醍醐，莹如玻璃”，所以又被称为“玻璃泉”。让泉的泉眼旁用石块砌成方池，池上有清康熙四十年（1701 年）知州王赐魁立的“让泉”二字碑刻。让泉水温终年变化不大，保持在 17~18℃。

让泉

琅琊古道

## 琅琊古道

琅琊古道始建于明嘉靖年间，由条石铺成，蜿蜒于山腰，由低渐高，平坦而幽深。古道上，有一座青石砌成的拱形门楼，楼额上刻有“峰回路转”四个大字。走过门楼，便可见到一座小亭——蔚然亭。这是游人途中小憩的好地方，你想去那里坐坐吗？

沛县汉城

suí dī sān yuè shuǐ róng róng bèi guī hóng qù wú zhōng
隋堤三月水溶溶。背归鸿，去吴中。

huí shǒu péng chéng qīng sì yǔ huái tōng
回首彭城，清泗与淮通。

yù jì xiāng sī qiān diǎn lèi liú bú dào chǔ jiāng dōng
欲寄相思千点泪，流不到，楚江东。

——苏轼·《江城子·恨别》

龟山汉墓

汉画像石艺术馆

徐州博物馆

在这个大雁北归的阳春三月，苏轼要离开徐州南下到湖州赴任了，他依依不舍地告别友人，沿隋堤而下，与徐州渐行渐远。纵然泗水与淮水相通，自己对友人的思念之泪也难以寄到徐州了，他的心中充满感伤。

徐州在古时也称彭城，其建城史可以追溯到4000多年前尧帝时期。据说，夏禹治水时，把全国疆域分为九州，徐州即为九州之一。但在当时，徐州并不是一个城市，而是一个庞大的区域，彭城便是这个区域的中心。

传说，彭城的创始人彭祖活了800岁，他是黄帝的后裔，善于导引气功养生，也善于烹调，被称为我国烹饪鼻祖。据说，彭祖就是因为善于烹调雉羹受到尧帝的喜爱，才被封于此地的。

徐州出的帝王，除了传说中的彭祖，还有汉高祖刘邦。刘邦30岁那一年，在徐州沛县的泗水一带担任分管治安的泗水亭长。在此期间，刘邦先后结识了萧何、曹参、樊哙(kuài)等人，奠定了自己的人脉基础。也正是在这里，刘邦斩蛇起义，而后不断壮大势力，最终成为大汉王朝的开国皇帝。

刘邦斩蛇起义雕像

坐上帝王宝座之后，刘邦回到沛县故里，他在沛宫大摆酒席，宴请父老乡亲，又挑选了120名青少年，组成合唱团以助酒兴。酒酣之时，刘邦击筑高歌，亲自作了一首《大风歌》：

dà fēng qǐ xī yún fēi yáng
大风起兮云飞扬，
wēi jiā hǎi nèi xī guī gù xiāng
威加海内兮归故乡，
ān dé měng shì xī shǒu sì fāng
安得猛士兮守四方！

歌罢，高祖挥剑起舞，并对沛县父老说："游子思故乡，我虽定都长安，但百年之后我的魂魄还要回归故里。"

刘邦离开沛县之后，这里的人们便赶紧请来金石良匠将《大风歌》摹刻在石上，并筑百尺高台，立碑于台上。传说，《大风歌》碑是东汉著名书法家蔡邕亲手所书的呢！

在徐州，有一座黄楼，是900多年前苏轼在徐州担任知州之时，率领军民抗洪胜利之后建造的。洪水来临时，苏轼到达徐州还不到三个月。为了防止黄河之水侵吞徐州城，苏轼几乎日夜不休。他不但亲自深入抗洪前线，还效仿大禹，三过家门而不入。抗洪之时，苏轼一边命人筑堤固岸，一边又连夜加高城楼。

元丰元年（1078年）二月，在苏轼的带领下，工匠们日夜兼程，在城东门挡水要冲处建造了二层高楼，又因为在五行之中，"水受制于土"，所以他又命人在楼壁之上涂抹黄土，并将其取名黄楼，取"土实胜水"的意思。

终于，在苏轼和徐州百姓的不懈努力下，黄河这一次泛滥并没有对徐州城造成威胁，更没有发生大水灌城的惨剧。

苏轼的弟弟苏辙在他赴任徐州时曾一同前往，二人在徐州共处了百余日。苏辙还在此地留下了自己的词作《水调歌头 · 徐州中秋》：

lí bié yì hé jiǔ，qī dù guò zhōng qiū。
离别一何久，七度过中秋。
qù nián dōng wǔ jīn xī，míng yuè bú shèng chóu。
去年东武今夕，明月不胜愁。
qǐ yì péng chéng shān xià，tóng fàn qīng hé gǔ biàn，chuán shàng zài liáng zhōu。
岂意彭城山下，同泛清河古汴，船上载凉州。
gǔ chuī zhù qīng shǎng，hóng yàn qǐ tīng zhōu。
鼓吹助清赏，鸿雁起汀洲。

## 沛县汉城

沛县地处微山湖西畔，是汉高祖刘邦的老家，明太祖朱元璋的祖籍，素有“千古龙飞地，帝王将相乡”之美誉。汉宫区是汉城公园的主景区，主体建筑汉魂宫的第一层四周镶嵌青石浮雕，镌刻汉画像石图案；第二层为“刘邦坐殿”，蜡塑群像栩栩如生；第三层则绘有《刘邦车马出行图》。

汉城公园

## 徐州博物馆

徐州博物馆建于云龙山北麓，这里原本是乾隆皇帝南巡时的行宫旧址。博物馆由陈列主楼、土山东汉彭城王墓、汉代采石场遗址、清高宗乾隆行宫及碑园四个展区组成。有银缕玉衣、鎏(liú)金兽形砚等珍贵文物。

西汉银缕玉衣

## 汉画像石艺术馆

徐州汉画像石艺术馆在云龙湖东岸，馆内藏有汉画像石 1400 余块。汉画像石是汉代人雕刻在墓石、祠堂四壁上的装饰画像，盛行于西汉至东汉、魏晋年间。此处的汉画像石艺术价值很高，同时也是研究汉代历史的珍贵文物资料。

汉画像石

亀山汉墓俯瞰图

## 亀山汉墓

亀山汉墓为西汉第六代楚王刘注的夫妻合葬墓，南为楚刘注墓，北为其夫人墓。令人称奇的是，亀山汉墓的雕凿十分精细，误差极小，墓中的甬道是迄今为止世界上打凿精度最高的甬道！在当时落后的技术条件下，这样的工程是如何完成的，至今仍是未解之谜。

亀山汉墓出土的鎏金铜熏炉

柳州
桂林
住在柳州东，彼此相思，
梦回云去难寻。
五岭皆炎热，
宜人独桂林。
第九站
赏岭南风光
——群岭之侧，
此景非画美如画
连州
对千峰削翠，双溪注玉，
端不减、琅琊秀。
河源
番禺
休说将军，
解弯弓掠地，昆岭河源。
欢喜地中取醉，
温柔乡里为家。

# 桂林

wǔ lǐng jiē yán rè　yí rén dú guì lín　jiāngnán yì shǐ wèi dào　méi ruǐ pò chūn xīn

五岭皆炎热，宜人独桂林。江南驿使未到，梅蕊破春心。

fán huì jiǔ qú sān shì　piāo miǎo céng lóu jié guàn　xuě piàn yì dōngshēn

繁会九衢三市，缥缈层楼杰观，雪片一冬深。

zì shì qīng liáng guó　mò qiǎn zhàng yān qīn

自是清凉国，莫遣瘴烟侵。

——张孝祥·《水调歌头·桂林集句》

岭南地区真是炎热极了，只有桂林的气候最宜人！江南的梅花还未盛开之时，这里的梅花却早已迎春而来！桂林城街市繁华，漓江岸边平沙细浪，江中却忽现座座山峦，层峦叠嶂。这里是清凉之地，千万不要让南国的湿热瘴气来侵扰。

你一定听说过“桂林山水甲天下”这句话吧！可是你知道“桂林”之名的来历吗？据说，在很久以前，这片地方长满了桂花，一丛丛的桂花林一直从山上蔓延到山下。后来，人们就将这个弥漫着桂花香气的地方称作桂林。《山海经》中也有“桂林八树”的说法，所谓八树，并不是只有八棵树的意思，而是表示极为广大。

在夏、商、周时期，桂林是百越人居住的地方。秦始皇统一岭南时，“置桂林、南海、象郡”。公元1052年，广源州首领侬智高攻陷邕州，自立为仁惠皇帝。这场反宋战事震动了整个岭南。北宋当即遣大将狄青率兵南下，并与侬智高大战于昆仑关，侬智高惨败，后逃往大理。

在这片桂花飘香的地方，漓江是无可替代的魂，没有漓江，桂林就好像失去了明亮的双眼，失去了那“勾魂摄魄”的吸引力。它源于“华南第一峰”猫儿山，每流经不同地方，当地人便会给它冠以不同的称呼，如六峒河、溶江等。“江作青罗带，山如碧玉簪”是对漓江最恰当的赞扬。

李曾伯也在《水调歌头·戊午初度自寿》中描绘了桂林、漓江的美景：

wèn xùn zhōng qiū yuè　piē jiàn yì méi wān
问讯中秋月，瞥见一眉弯。

pó suō guì yǐng　jīn nián yòu xiàng guì lín kàn
婆娑桂影、今年又向桂林看。

péng shǐ sāng hú chū dù　luó dài yù zān jiù shí　fǔ yǎng shí nián jiān
蓬矢桑弧初度，罗带玉簪旧识，俯仰十年间。

jì dé lǎo pō yǔ　tuí jǐng bó xī shān
记得老坡语，颓景薄西山。

在漓江边上，有一处山头，远看就像一个秀才头戴着纱巾，坐在马车上凝望对面的石壁，此景名为“秀才看榜”。

漓江上的竹筏

据说，在很久以前，漓江边有个穷秀才，他发奋读了十年书，便进京城赶考。考罢，他打听到自己初选得了第一名，卷子已经送到主考官那里去了。

秀才心想：这次一定能考中！就高高兴兴地带着书童，坐着破马车回到漓江边，一边游山玩水、吟诗作对，一边等着好消息。谁知，主考官和秀才是同乡，他发现秀才既没有拜见他，也没有托人给他送礼，顿时气不打一处来。于是就在秀才卷子上的“第一名”前加了几个字，变成了“孙山之后第一名”，就这样，秀才落了榜。

放榜的当天，秀才让书童去拿榜，自己则在冠岩一带观景吟诗。书童看见榜文，发现秀才竟然落榜了，顿时傻了眼，于是气喘吁吁地跑来，将榜文递给秀才。

秀才伸手去接，榜文却忽然被一阵旋风吹上半空，像断了线的风筝一样，顺着漓江飞走了。秀才连忙一挥鞭子，赶着破马车就追。

榜文飘到漓江边的白肚山时，粘在了江边的石壁上。于是秀才只好爬上马车，站到高处看榜，却没有见到自己的名字，顿时气得七窍生烟，瘫坐在马车上，怎么也爬不起来，呆呆地望着榜文出神。

恰巧这天，文曲星听说人间要放榜，便特意从天上下来，想要带个才子上天做他的书童。他看到了呆坐在破马车上的穷秀才，知道他虽然榜上无名，却有一肚子真才实学，就将他带上了天。

临走前，文曲星吹了一口仙气，将秀才的身子和破马车一起点化成了石头，这就是我们今天在漓江边看到的“秀才看榜”。

## 漓江

但凡想去桂林的人，没有不知道漓江大名的。这条青罗带似的河水，从猫儿山一直流到西江。漓江上最著名的山是画山，在画山的临江绝壁上，有一片白色的斑印，恍似天然骏马图。当地曾有歌谣形象描述了这一特征："看马郎、看马郎，问你神马有几双？看出七匹中榜眼，能见九匹状元郎。"

九马画山

## 阳朔

顺着漓江而下，会经过美丽的阳朔，曾有人说，"桂林山水甲天下，阳朔堪称甲桂林"。阳朔属典型的喀斯特地貌，境内山峰林立，平地拔起，千姿百态。坐竹筏漂流是这里最有特色的旅游项目之一，你一定要试一试！

阳朔十里画廊

## 象鼻山

象鼻山又叫漓山，因酷似一只站在江边伸鼻豪饮漓江水的巨象而得名。早在1000多年前的唐代，象鼻山就成为桂林著名的游览胜地了！象鼻山上有水月洞、象眼岩、普贤塔等。

象鼻山

## 蝴蝶泉

蝴蝶泉位于阳朔月亮山景区，素有“不到蝶山顶，不知阳朔景”的美誉。蝴蝶泉内有中国最大的活蝴蝶观赏园，园中有上千种、数万只蝴蝶，它们与人和谐相处，神奇而美丽。

蝴蝶泉

yù jiè jiāng méi jiàn yǐn　wàng lǒng yì　yīn xī chén chén
欲借江梅荐饮。望陇驿、音息沈沈。

zhù zài liǔ zhōu dōng　bǐ cǐ xiāng sī　mèng huí yún qù nán xún
住在柳州东，彼此相思，梦回云去难寻。

guī yàn lái shí huā qī jìn　dàn yuè zhuì　jiāng xiǎo hái yīn
归燕来时花期浸。淡月坠、将晓还阴。

zhēng nài duō qíng yì gǎn　fēng xìn wú píng　rú hé xiāo qiǎn chū xīn
争奈多情易感，风信无凭，如何消遣初心。

——欧阳修·《恨春迟》

大龙潭

欧阳修来到了柳州的东边，不过他的心中却不平静！这里清江似玉，梅花盛开，只可惜得不到心上人的任何信息啊！他真想借景把盏，一醉方休，在梦中与心上人相会。只怕梦醒之后只是一场空，依旧难以寻觅心上人的身影！哎！真让人心痛难熬，无法忘怀啊！

柳州是一座民族风情浓郁的城市，这里的民族歌舞独具神韵。你一定听说过壮族传奇歌手刘三姐吧？这里就是她的故乡！每逢农历三月初三，壮族人都要举行盛大的歌圩活动，男女青年要终日对歌。歌圩那天，青年男女们便身着盛装，三五成群地来到歌圩场，通过唱歌寻找自己的意中人。

听完壮族的对歌，还得去看看瑶族的舞蹈。每年的农历十月十六，柳州的瑶族人都要跳芦笙伴奏的长鼓舞来祭奠盘王。传说瑶族始祖盘瓠上山打猎时不幸跌落悬崖，族人便挖空树心，用羊皮制成长鼓，日夜敲打以祭盘王。

整套长鼓舞的动作极具形象性，表演时，鼓手左手握住长鼓的鼓腰上下翻转，右手随之拍击，边舞边击，这套动作表现了盘王及其子孙开辟千家峒的勤劳勇敢，而舞蹈中唱的盘王歌，表示了后人对祖先的缅怀和追念。

柳州东门城楼

说到柳州，就不得不提一个名人——柳宗元。柳宗元被贬到柳州的时候，有一次城内大雨滂沱，他正带着仆从在城楼内避雨，忽然听见有人大喊："救命啊，有人跳江啦！"

柳宗元赶忙循声跑下楼，只见一个衣衫湿透的少女被人抬上了一条小船，一个穿着粗布衣裳的老汉抱着少女失声痛哭。柳宗元连忙弯腰走进船篷，焦急地问道："这是怎么回事？"老汉悲伤地告诉他事情的整个过程：

这老汉的妻子得了一种怪病，吃了无数药也不见好转。有一天，老汉家中来了个算命先生，他掐算一番之后，告诉老汉，他的妻子是瘴鬼缠身，需要一大笔钱财驱鬼消灾。老汉信以为真，又苦于没有钱驱鬼，只得将女儿抵押给别人，借了一大笔钱。可没料到，钱花光之后，鬼没有驱掉，妻子却病死了。

柳州素来有一个习俗，借债的时候要用人来做抵押，若是到期无法还债，抵押之人就要成为别人的奴婢。如此一来，老汉还不上钱，女儿就沦为别人的奴婢。

在此后的几年，老汉无时无刻不在辛勤劳作，希望有一天能挣够赎回女儿的钱，没想到，就在前几天，有一个算命先生给债主算了一卦，说老汉的女儿是福星，只要将她嫁给债主的痴呆儿子冲喜，这痴呆儿就能立即变成正常人。然而，老汉的女

柳侯公园中的柳宗元雕塑

儿却是个刚烈的女子，她听说此事之后，万般不从，今日竟然伺机逃离了债主家，含愤投了江！

听完老汉的话，柳宗元满腔愤怒，便开始思考，要如何在柳州施行改革。几经思虑之后，柳宗元制定了数条改革方案：首先，要大力兴办教育事业，让百姓摆脱愚昧；其次，要以礼乐教化百姓，严禁算命看风水，打击江湖巫医的骗人行为，破除迷信；再次，即便是被抵押的奴仆，主人家也不得随意处置、体罚；最后，鼓励百姓开荒，开凿水井，奖励农耕，让他们真正过上平安稳定的日子。在柳宗元的治理下，柳州渐渐变得富有、文明、兴旺起来。

苗寨风光

## 雨卜苗寨

雨卜苗寨位于柳州融水苗族自治县香粉乡的雨卜村内，这里地处元宝山南麓，依山傍水，自然风光绮丽。贝江支流六甲河从雨卜苗寨穿过，两岸竹海连绵，景色迷人，各种原始地貌保持完好。雨卜苗寨内有神秘的苗岭晨光、刺激的龙贡漂流、绮丽的三友瀑布，以及千年古榕、雨梅观景、大盘竹海、卜令天然泳池等数十个景点，这里拥有千亩原始森林，森林覆盖率达 80% 以上，是个难得的天然氧吧。

## 大龙潭

大龙潭距柳州市中心仅 3000 米，是融喀斯特地貌及亚热带岩溶植物景观于一体的城市综合公园。这里林木苍翠、群山环抱，二十四峰形态各异。柳宗元曾在此为民祷雨，并著有《雷塘祷雨文》传世，景区内现建有“祷雨文碑亭”“祭台”及“雷塘庙”等纪念性建筑。

龙潭风雨桥

龙潭公园

# 连州

地下河

yì rán xīn bǎng gāo tíng　hàn lín tiě huà yàn gōng shǒu

翼然新榜高亭，翰林铁画燕公手。

chú yáng shèng shì　hé rén chóng jì　huáng chuān tài shǒu

滁阳盛事，何人重继，湟川太守。

tài shǒu wèi shuí　wén zhāng dí pài　zuì wēng xián zhòu

太守谓谁，文章的派，醉翁贤胄。

duì qiān fēng xuē cuì　shuāng xī zhù yù　duān bù jiǎn　láng yá xiù

对千峰削翠，双溪注玉，端不减、琅琊秀。

——严仁·《水龙吟·题连州翼然亭呈欧守》

燕喜亭

湟川三峡

看！在遥远的岭南连州，也有一座幽静雅致的翼然亭，亭中陈列着燕公的水墨佳作。从翼然亭望去，山峰高耸翠绿，溪流清澈晶莹，不亚于滁州琅琊山的秀丽。谁能继承欧阳修在滁州的文章盛事呢？是他的后人湟川欧阳太守，他的文章得到了醉翁的真传。

在严仁的眼中，连州美景丝毫不输于滁州的琅琊山，这并非是他夸张之说。因为早在严仁之前，便不止一人大赞连州山水，许多大文豪来到此地后，甚至认为这里的风光比江南还要美上几分。唐代诗人刘禹锡在连州任刺史时，便曾作诗赞叹此地："剡（shàn）溪若问连州事，惟有青山画不如。"而被贬连州的韩愈也曾在《燕喜亭记》中写道："吾州之山水名天下。"

连州古属岭南门户，是中原通往南越的水陆交通要冲。这里不仅有着神秘瑰丽、被称为全国一流溶洞的地下河，还有著名的"岭南画廊"以及有着"岭南三峡"之誉的湟川三峡。

连州的地下暗河全长1500米，穿越了四座大山的底部，河两岸的石钟乳千姿百态，造型巧夺天工，具有"广东地下第一河"的美称。而湟川三峡则是连州最美丽的地方之一，既具有长江三峡的险峻，又有可比桂林漓江的秀美，令人回味无穷。

在连州，有一座巾峰山。这里的风景虽算不上最美，却是连州最有名气的地方，这还要归功于南宋的一对父子。

巾峰山夕照

这位父亲名为张浚，曾是南宋的宰相，因力主抗金触怒奸相秦桧，被贬谪居连州。陪在他身边的是他 13 岁的大儿子张栻。张栻自幼好学，颇得父亲喜爱。这天，父子二人站在巾峰山顶凭栏远眺，张栻随口吟道：

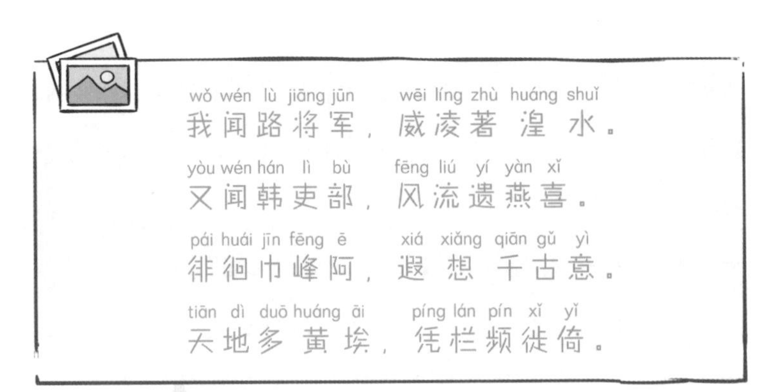

wǒ wén lù jiāng jūn　wēi líng zhù huáng shuǐ
我闻路将军，威凌著湟水。
yòu wén hán lì bù　fēng liú yí yàn xǐ
又闻韩吏部，风流遗燕喜。
pái huái jīn fēng ē　xiá xiǎng qiān gǔ yì
徘徊巾峰阿，遐想千古意。
tiān dì duō huáng āi　píng lán pín xǐ yǐ
天地多黄埃，凭栏频徙倚。

年幼的张栻或许不曾想到，小小的巾峰山竟然因为有了自己的这首《巾峰远眺》，成了连州最著名的景点。

除了《巾峰远眺》外，张栻还有一首《向湖边》的词作，歌颂连州美景：

wàn lǐ yān dī　bǎi huā fēng xiè　yóu nǚ piān piān yǔ gài
万里烟堤，百花风榭，游女翩翩羽盖。

cǎi guà qiū qiān　xiàng huā shāo jiāo duì
彩挂秋千，向花梢娇对。

shěn mén wài　sēn lì qiáo sōng　rì huā zhēng lì　yóu ruò dāng nián wén huì
矧门外、森立乔松，日花争丽，犹若当年文会。

láng miào kuí lóng　zàn bǔ lín jiāo wài
廊庙夔龙，暂卜邻交外。

关于巾峰山，还有一个神奇的传说呢！相传有位神仙叫费长房，一日，他云游来到连州境内，向下一望，只见一座壮丽的山峰下有一片宽广的原野，这山峰之间云雾氤氲缭绕，令他赞叹不已。

忽然，天上阴云密布，下起大雨来。原来有一个妖怪带着瘟疫想在这里作怪，祸害百姓！费长房决心要除掉这个妖怪，为民造福。

于是，他化作一个老翁，来到山脚一户人家避雨。这家户主姓刘，生性淳朴，他见费长房冒雨而来，便请他进屋，还煨了姜汤给他御寒。费长房指向不远处的山峰对老刘说："过不了多久这里就会有大灾难！九月初九那天，你在头上插上黄花，登上这座山，喝一些菊花酒，再用红布袋盛上乌珠，对天供奉，就可以免灾祛难。"

费长房离去之后，老刘立刻召集村民，将费长房的话告诉了他们。然而，村民们谁也不听，以为老刘喝醉了说傻话。老刘只好在九月初九这天，带着家人，头插黄花，登高遥拜。

下午，他们回到家中，发现家中的鸡、鸭、猪、牛全都死了，村中没有去登山的人也先后得了怪病，陆续死去。人们这才明白，原来老刘说的是真的！自那以后，每年九月初九，连州的百姓们都要携家带口登临巾峰山，喝酒赏菊，以求平安吉祥。

## 地下河

连州地下河是一个喀斯特地貌的巨型天然石灰岩溶洞，洞内四季气温保持在 18℃左右，这里冬暖夏凉，是旅游避暑的胜地。地下河中最具特色的是“仙人神田”，层层钟乳石如梯田般蜿蜒分布于一条“仙人河”（地下河）的两岸，还会看见一条暗河向山洞深处延伸，一眼望不到尽头。

连州地下河石碑

绚烂的连州地下河

## 湟川三峡

湟川三峡分龙泉峡、楞伽峡和羊跳峡，位于连州镇与龙潭镇之间。这里茂林修竹，瀑布一个接着一个。你还可以选择乘坐小艇，沿着湟川而下。沿岸有宛如世外桃源一般的箭榄村寨、宏伟壮观的马面滩船闸，悬崖峭壁如刀切一般。

湟川三峡的玻璃天桥

## 燕喜亭

燕喜亭位于连州城东北方向的燕喜山麓，因韩愈留下的名篇《燕喜亭记》而闻名古今。燕喜亭始建于唐代贞元年间，即公元800年前后，距今已有1200多年的历史。我们前面提到的南宋的宰相张浚，还在亭周围的岩壁上留下过墨宝呢！

祠宇中的韩愈塑像

# 河源

镜花缘景区

xiū shuō jiāng jūn jiě wān gōng lüè dì kūn lǐng hé yuán
休说将军，解弯弓掠地，昆岭河源。

cǎi bǐ tí shī lù shuǐ yìng hóng lián
彩笔题诗，绿水映红莲。

suàn zǒng shì fēng liú yú shì huì xū xíng lè nián nián
算总是、风流余事，会须行乐年年。

kuàng yǒu yí bù suí xuān cuì guǎn fán xián
况有一部，随轩脆管繁弦。

——晁补之·《金盏倒垂莲·次韵同寄霸师杨仲谋安抚》

苏家围

龟峰塔

桂山

谁说将军只会在昆岭河源弯弓掠地呢？将军也会流连山水、提笔赋诗，身边还带着乐队呢，公务之外也是颇为风流潇洒，一定要年年都这样行乐！

河源是个有着 2200 多年历史的客家古邑，是目前中国内地唯一的纯客家地级市。1000 多年来，这里是客家人的歇脚地，也是他们最后的家。

你知道“客家人”究竟从何而来吗？所谓客家人，是指原籍为中原的汉族人，在东晋战乱时南迁，并在后来的几次迁徙行动中，逐渐形成今天具有独特风貌的客家民系。客家民系是中华汉民族的一个支系，客家语系也是汉民族的八大方言之一。

历史上，客家人有过多次由北向南的大迁徙。在东晋时期，由于游牧民族的入侵，使得中原一带的官民纷纷向黄河南岸逃去。后来，人们在记载史料时，为了避免将迁来的中原汉族和新居地的原住民混淆，便将前者称为“客”。

唐朝末年，天下又起战火，客家人不得不再次向江南一带迁去。这一次，他们走的路程稍远，到达了现在的福建西北、广东北部等地区。

宋朝时，北方再起战乱。这一次，就连曾经高高在上的皇族，也不得不踏上南迁的旅程。据说，现在河源的客家人，便是在那个时候迁入的。

有一部分客家人，在迁徙的过程中实在太累了，就在途中的各地定居下来。

而另一些客家人，则一直漂泊，甚至走出了中国这片土地，漂向了大洋彼岸。

在河源的东江边上，矗立着一座著名的宝塔，名为龟峰塔。据说，在许多年前，龟峰塔是没有塔顶的，这又是为什么呢？

据说，在很久很久以前，各路神仙赶着参加王母娘娘的蟠桃大会，途中路过河源。神仙们无意间往下一望，只见此地洪水泛滥，勤劳善良的百姓们四处流离，顿生恻隐之心，经过一番商讨之后，神仙们决定在两条江水汇合处的下游建造一座宝塔，以此镇住洪水。

然而，神仙们要在河源建塔的事，不知怎么被当地的名士李焘（tāo）知道了。他看了看宝塔的位置，算出若在此地建成宝塔，自己家的风水必定会遭到破坏。为了保住自己的利益，李焘决定阻止神仙们的计划。神仙们动工建塔的时候，李焘便带上干粮，潜伏在宝塔附近。

神仙们施展神通，很快将宝塔造到了第七层。然而，正当大家施展法术，要为宝塔造一个漂亮的塔顶时，李焘学了一声了鸡鸣。神仙们一听，以为天亮了，他们怕自己的真身被当地百姓看见，从而坏了天庭的规矩，只得放下手中的活儿，纷纷驾云离

今天的龟峰塔

去。就这样宝塔没有完工，李焘保住了自己家的风水。从那以后，“河源塔无顶”的说法就在民间流传开来了。

有意思的是，关于龟峰塔的建造，现实却是与传说截然相反的。传说中“龟峰塔无顶”是因为李焘的阻挠和干涉未建成，而在现实里，却恰恰是李焘倡导修葺（qì）了龟峰塔，并亲笔题写了“龟峰古刹”的寺名！

不过，历史上，龟峰塔也的确曾经有过无顶的时候。据《河源县志》记载：“咸丰二年壬子（1852 年）龟峰塔崩第一级。”因此，塔顶的消失估计与地震有关，而李焘则是阴差阳错，当了一回大反派！

## 镜花缘景区

镜花缘景区位于河源万绿湖旅游码头西南面，这里是根据小说《镜花缘》中所描述的“百花仙子降生在岭南唐秀才之家，乃河源县地方”而命名的旅游景区，其间有百花广场、百花路、绿香亭、入梦岩、凝翠谷、红颜洞、泣红亭、女儿国等景点。

百花仙子雕塑

## 桂山

桂山是河源最高的山峰。这里的树木终年碧绿，四季花开，素有“植物王国、动物乐园、旅游天堂”之称。景区内有一条长9000米的石峡清溪，溪中的石头千姿百态，沿途有各种亭台楼阁，定会让你流连忘返！

桂山风光

## 龟峰塔

在河源的龟峰山上，有一座龟峰塔，该塔建于南宋绍兴二年（1132年），这是广东省公认有年份可考的最早的南宋楼阁式砖塔。龟峰塔是“河源八景”之首，也有“东江第一塔”的美誉。塔的每一层都如竹子，节节上升，层层分明。

## 苏家围

苏家围距河源市区约有 26 千米，位于河源市义合镇，整个村子山水环绕，素有“南中国的画里乡村”之称。据说，苏家围还是苏轼后裔的聚居地呢！快来这里亲身体会一下苏氏家族和客家人的历史文化吧！

苏家围俯瞰

苏家围一角

# 番(pān)禺

莲花山

fēng xiǎng jiāo lín sì yǔ　zhú shēng fěn yàn rú huā
风响蕉林似雨，烛生粉艳如花。

kè xīng chéng xìng fàn xiān chá　wù dào zhī jī shí xià
客星乘兴泛仙槎。误到支机石下。

huān xǐ dì zhōng qǔ zuì　wēn róu xiāng lǐ wéi jiā
欢喜地中取醉，温柔乡里为家。

nuǎn hóng xiāng wù nào chūn huá　bú dào fēng bō kě pà
暖红香雾闹春华。不道风波可怕。

——向子諲·《西江月·番禺赵立之郡王席上》

南粤苑

宝墨园

长隆欢乐世界

听！风吹着窗外的芭蕉林沙沙作响，好似细雨落地的声音；郡王席上的烛火跳跃，好似花开一般，艳丽非常。番禺的景色美丽无比，向子諲感觉自己就好像误闯入天上织女的住所一样！他拿起酒杯，心想：在这令人欢喜之地，定要不醉不归！

番禺在秦始皇三十三年（前 214 年）置县，至今已有 2200 多年的历史。那一年，秦始皇派任嚣、赵佗率军南下，统一岭南。任嚣平定岭南后，出任南海郡尉，并在南海郡番禺县内建城。

秦朝末年，任嚣在病危时召来了龙川县令赵佗。他假托秦廷命令，委托赵佗代理南海郡尉，并告诉他，番禺“负山险阻南海”，如今“可以立国”。于是，赵佗于汉高祖三年（前 204 年）自立为南越王，定都番禺，而那时的番禺是当时全国的九大都会之一。今天广州市的越秀山即是当年越王所名。

据考证，番禺之名，在战国时期就已经存在了。不过，番禺这个名字的来历却有着好几种不同的说法。有人说，番禺之名的由来，是因为此地境内有番山和禺山，明朝黄佐的《广东通志》就曾记载：“番禺县治东南一里曰番山，其山多木棉，其下为泮宫；自南联属而北一里曰禺山，其上多松柏。”

但郦道元对此有着不同的看法，他在《水经注》中明确写道：“今入城东南偏，有水坑陵，城倚其上，闻此县人名之为番山；县名番禺，谓番山之禺也。”意思是指此地在番山附近。

向子諲还有一首写于番禺的词《鹧鸪天·番禺齐安郡王席上赠故人》，我们可以从中看到，番禺虽然景色可观，在当时人们的心目中仍是瘴雨蛮烟之地：

zhào dài chū féng liǎng miào nián yáo lín yù shù yǐ fēng qián shū
召埭初逢两妙年。瑶林玉树倚风前。疏
méi yǐng lǐ chūn tóng zuì hóng jì xiāng zhōng yuè yì chuán
梅影里春同醉，红芰香中月一船。
cháng chàng hèn duǎn yīn yuán kōng yú hú dié mèng xiāng lián shuí
长怅恨，短因缘。空余胡蝶梦相连。谁
zhī zhàng yǔ mán yān dì chóng shàng xiāng wáng dài mào yán
知瘴雨蛮烟地，重上襄王玳瑁筵。

在番禺，每年端午节的时候，都有着“龙舟头上挂生菜”的习俗，你想知道这是怎么来的吗?

相传，有一年，珠江上漂来了一段又长又黑的阴沉木。这段阴沉木到了村边就停了下来，于是，村民们就将木头的一端固定在岸上，一端伸进水里，当成了一个小涉头，用来洗衣洗菜。

然而，怪事却接连发生：村民在这里洗菜，洗着洗着就会少几棵；更奇怪的是，这涉头在白天是干爽的，可一到夜晚却总是湿漉漉的。有一次，一个村妇在涉头上杀鱼，随手将杀鱼刀剁在阴沉木上面，过一会儿，竟有殷红的血水从刀口处渗了出来！到了第二天，阴沉木上的刀口竟然自己愈合了！

端午的龙船

一天清早，河岸上来了个眉目清秀的小姑娘，她将手上的小竹鞭插在涉头的柱子上，轻声斥责说：“畜生，不要乱搅事！”说来也怪，小姑娘走后，涉头上便再无异样了。

又过了一段日子，端午节就要到了，村民们便开始商议用涉头上的阴沉木做艘新龙船。龙船造好的这天，恰好是农历五月初五，一群年轻人正在新龙船上玩儿。这时，有一个村妇提着一篮生菜，来到河边清洗，她刚把生菜放进河中，突然，龙船的龙头双目瞪圆，“呼”的一声，一口叼起生菜，载着满船年轻人飞到了江上！

眼看龙船向着大海飞去，船上的年轻人都傻了眼！就在这时，在龙船的前方出现了一座大山！大家都绝望了，他们以为自己即将命丧黄泉！

忽然间，之前那个眉目清秀的小姑娘出现在了岸边，只听到她高声叫道：“不要怕，新船不怕旧石，冲过去！”于是，在所有人惊恐的目光中，龙船将大山从中间撞开了！船上的年轻人全都落到岸边，而新龙舟却飞向了大海。

后来，人们就会在龙船的龙头上挂生菜，大概是希望龙船划得更快吧！

## 莲花山

番禺的莲花山位于广州市番禺区东部珠江口狮子河畔，因为这座山的麒麟峰顶上有一块酷似莲花的岩石，因此得名。这里还有气势轩昂的燕子岩，有洞内怪石遍布的八仙岩，还有酷似人工石林的飞鹰岩，有趣极了。

莲花山上的观音像

长隆旅游度假区

长隆的电动观光车

## 长隆欢乐世界

长隆欢乐世界地处广州番禺迎宾路，游乐设施有近 70 项，有适合全家游玩的哈比王国、以大型惊险刺激设备为主的尖叫地带、以中古欧洲风格为主的旋风岛、以水为主题的欢乐水世界、以表演为主的中心演艺广场和以休闲为主的白虎大街六大主题园区。

## 宝墨园

宝墨园集清官文化、岭南古建筑、岭南园林艺术、珠三角水乡特色于一体，和谐自然，构成一幅幅美丽壮观的景色。

宝墨园

## 南粤苑

游过宝墨园，你可以顺便逛逛附近的南粤苑，它是宝墨园的“姐妹园”，宝墨园尽显岭南水乡风韵，南粤苑则更集中展示岭南建筑艺术精髓。

南粤苑

武夷山
福州
武夷山里一溪横。
晚风清，断霞明。
老子人间无著处。
一尊来作横山主。
邵武
满路梅花，
为谁开遍春风萼。
第十站
眺闽越美景
——轻纱掩面，
你仿若自梦中走近
湄洲
长汀
湄洲自昔仙境，
宛在水中央。
暮云连极浦，
急雨暗长汀。

# 福州

福州
金山寺

bǎi dié qīng shān jiāng yì lǚ　shí lǐ rén jiā　lù rào nán tái qù
百叠青山江一缕。十里人家，路绕南台去。

róng yè mǎn chuān fēi bái lù　shū lián bàn juǎn huáng hūn yǔ
榕叶满川飞白鹭。疏帘半卷黄昏雨。

lóu gé zhēng róng tiān chǐ wǔ　hé jì fēng qīng　xí xí xiāo pàn shǔ
楼阁峥嵘天尺五。荷芰风清，习习消袢暑。

lǎo zi rén jiān wú zhuó chù　yì zūn lái zuò héng shān zhǔ
老子人间无著处。一尊来作横山主。

——李弥逊·《蝶恋花·福州横山阁》

平潭县

鼓山

三坊七巷

横山阁外的风景真美呀！山峦重叠簇聚，闽江之水蜿蜒东流，还能看到南山台的十里长街。很快，黄昏来临，细雨飘洒，仔细闻一闻，还能嗅到微风中的菱荷清香，顿消夏日之闷热。李弥逊心想：“我若在人间没有落脚之地，定要来这横山做个主人！”

这首《蝶恋花·福州横山阁》是宋朝词人李弥逊在退隐后，一日登览横山阁，忽然有感而作。李弥逊热爱祖国河山，却因耿介刚直，屡遭排斥，被迫退隐。他心中抑郁，但福州的山光水色，将李弥逊的坏心情一扫而空。

福州，山在城中，城在山中，是一处山间福地。公元前 202 年，汉朝封无诸为闽越王，无诸便在此地建城定居，福州终于成为闽越的中心。但那时，福州还不叫福州，直到公元 725 年，唐朝在此建立福州都督府，福州才正式有了今天的名称。

五代时期，闽王王审知在此扩建城池，将风景秀丽的乌山、于山、屏山圈入城内，从此福州成为“山在城中，城在山中”的独特城市。“三山”成了福州的别名。到了南宋时期，由于金兵不断南下入侵，人们都将福州视为世外桃源，纷纷迁入避难。

辛弃疾在《贺新郎·三山雨中游西湖》中这样描述福州的美景：

cuì làng tūn píng yě　wǎn tiān hé　shuí lái zhào yǐng　wò lóng shān xià
翠浪吞平野。挽天河、谁来照影，卧龙山下。

yān yǔ piān yí qíng gèng hǎo　yuē lüè xī shī wèi jià　dài xì bǎ　jiāng shān tú huà
烟雨偏宜晴更好，约略西施未嫁。待细把、江山图画。

qiān qǐng guāng zhōng duī yàn yù　sì piān zhōu　yù xià qú táng mǎ
千顷光中堆滟滪，似扁舟、欲下瞿塘马。

zhōng yǒu jù　hào nán xiě
中有句，浩难写。

福州不但是一处避难的最佳地点，也是一处佛国福地。自佛教传入中国后，在福建逐渐深入人心，发扬光大。唐宋以来，佛教历史上的十大禅师有许多都和福建有关。长乐人百丈禅师曾提出“一日不做，一日不食”的观点，提倡僧侣和寺庙自给自足的精神，对以后的寺庙制度产生了深远影响。

现如今，福州城内依然保存了很多寺庙，西禅寺、金山寺等都在全国享有盛名，福州也因而被称作“海天佛国”。

福州有一种美食——春卷，自古以来广受欢迎，甚至闻名全国、传至海外。关于这道焦香味美的小吃，当地还流传着一个有趣的民间故事呢！

相传，在宋朝时，福州有一个书生名叫陈皓，他有一个聪明贤惠的妻子，名叫阿玉。陈皓为了考取功名，每日专心致志读书，常常夜以继日，通宵达旦。阿玉看见丈夫一天天消瘦，心里很难受。为了照顾好陈皓，她总是想着法子给丈夫做不同花样的饭菜。

春卷

可有时陈皓读书实在太专心了，嫌吃饭麻烦，干脆不吃了！这可怎么办呢？阿玉想出了一个好办法：用米磨成粉，制成皮，包上肉和菜，加上作料作为馅，然后用油一炸。这种东西既能当饭，又能当菜，不但省时间，吃起来也方便。

陈皓吃了这道菜，打心里感激妻子对自己的体贴关怀，由于每次吃饭的时间大大缩短，他读书的时间就更充足了。不久，陈皓进京赶考，还带上了妻子特地给他制作的这种食品。考试结束之后，陈皓中了头名状元。

红榜一出，陈皓高兴地把自己带来的食物送给考官品尝。考官吃完赞不绝口，问陈皓是从哪家饭铺里买的。陈皓笑着告诉他，是自己的妻子做的。考官听后，雅兴大发，立刻为这种食物写了一篇文章，并将这种食物称为春卷。从此，福州春卷名声大振，后来还成了向皇帝进贡的上等礼品呢！

## 福州金山寺

福州金山寺建于宋代，是福州唯一的水中寺。因为它的形状像石印浮于水面，有如江南镇江之金山，故又名“小金山”。

金山寺夜景

## 三坊七巷

三坊七巷是福州市南后街两旁，从北到南依次排列的十条坊巷的统称，也是中国十大历史文化名街之一。第一坊名为“衣锦坊”，其中的衣锦坊水榭戏台最具特色；第二坊名为“文儒坊”，这里有很多名人的故居；第三坊名为“光禄坊”，其中的光禄吟台最为有名，据说吟台西侧还是林则徐晚年放鹤的地方！

三坊七巷夜景

三坊七巷中的传统油纸伞

## 鼓山

鼓山风景名胜区是福州市最著名的风景区，因为顶峰有一块巨石如鼓，每当风雨交加时，便传来“咚咚”的声音，故名鼓山。鼓山之上，有一座1000多年历史的涌泉寺，建筑规模宏伟，布局精巧，有“进山不见寺，入寺不见山”之妙。

鼓山上的盘山公路

鼓山灵源洞“寿”字摩崖石刻

## 平潭县

平潭县位于福建省东部海域，由以海坛岛为主的126个岛屿组成，素有“千礁岛县”之称。由于开发较晚，平潭县一直保留着海岛的原始风貌，海天一色，海水纯净，岛上留有许多原始建筑。快来感受一下这片没有受过污染的海滩吧！

武夷山
博物馆

wǔ yí shān lǐ yì xī héng wǎn fēng qīng duàn xiá míng
武夷山里一溪横。晚风清，断霞明。

xíng zhì xī zhēn guǎn xià yuè huá shēng
行至晞真、馆下月华生。

xiān jì líng zōng zhī jǐ xǔ yún piāo miǎo shí zhēng róng
仙迹灵踪知几许，云缥缈，石峥嵘。

——李纲·《江城子》

天游峰

九曲溪

看！一条清溪横盘在武夷山中，晚风徐徐吹来，清凉无比，天上的云霞逐渐消散却依然明亮。李纲的小舟行到晞真馆时，月亮才渐渐升了起来。这武夷山中，云彩缥缈，就好像仙境一样！李纲与道友一同在小舟中饮酒赏景，时而引吭高歌，时而凝神静听。

武夷山是福建第一名山，它是典型的丹霞地貌，有着“奇秀甲东南”的美誉。早在新石器时期，古越人就已在此繁衍生息。如今悬崖绝壁上遗留的“架壑船”和“虹桥板”，就是他们特有的葬俗。

武夷山还受到了历代帝王的重视。西汉时，汉武帝曾遣使者到武夷山用干鱼祭祀武夷君，唐玄宗大封天下名山大川时，武夷山也曾受到封表，并刻石记载。宋朝时，因百姓在这里祈雨获应，朝廷又封武夷君为显道真人。唐末五代初，杜光庭在《洞天福地记》里，把武夷山列为天下三十六洞天之一，称之为“第十六升真元化洞天”。

早在 1200 多年前，武夷山就成了名震天下的绮丽之山，辛弃疾在《感皇恩》中这样赞美：

lù rǎn wǔ yí qiū　qiān mán sǒng cuì　liàn sè hóng chéng yù qīng shuǐ
露染武夷秋，千蛮耸翠。练色泓澄玉清水。
shí fēn bīng jiàn　wèi tǔ yù hú tiān dì　jīng shén xiān fù yǔ　rén zhōng ruì
十分冰鉴，未吐玉壶天地。精神先付与，人中瑞。
qīng suǒ bù qū　zǐ wēi biāo zhì　fèng yì kàn kàn jiǔ shí lǐ　rèn huī
青锁步趋，紫微标致。凤翼看看九十里。任挥
jīn wǎn　mò fù liáng biāo jiā zhì　yáo tái rén dù qǔ　qiān qiū suì
金碗，莫负凉飚佳致。瑶台人度曲，千秋岁。

在今天，武夷山上最有名的东西或许不是它那瑰丽异常的丹霞地貌，而是举世闻名的“大红袍”。“大红袍”可不是衣服！而是一种茶叶，其茶树生长在九龙窠谷底靠北面的悬崖峭壁上。这里有六株古朴苍郁的“大红袍”茶树母株，枝繁叶茂，据说已有300多年的历史，被誉为“茶中之王”。

大红袍茶叶　　大红袍茶汤

可这种茶为什么叫作“大红袍”呢？据说还有一番渊源。明朝时，有一个秀才上京赶考，当他途经武夷山的天心永乐禅寺时，忽然得了重病。寺中方丈以九龙窠崖上的茶叶为药给秀才服用后，他的病居然全好了。后来，这个秀才高中状元，衣锦还乡后，为报茶树救命之恩，把钦赐的红袍披于茶树之上。这种茶从此而得名“大红袍”。

在2007年7月，最后一次采摘自300多年母树的20克大红袍茶叶被中国国家博物馆珍藏，自那之后，武夷山便不再制作母树大红袍茶叶了！

还记得我们之前提到的彭祖吧？他后来到了武夷山隐居。当时这里洪水泛滥成灾，老百姓没有办法耕种粮食，只好躲进山坳里，过着穷苦的日子。彭祖见此情景，就带领老百姓开山治水，治理这片区域。

彭祖有两个儿子，一个叫彭武，一个叫彭夷。据说，他俩出生后，春风吹过，能喊爹叫娘；春雨飘洒，能站立行走；春茶绽芽，能下地奔跑。这两兄弟从小就跟随彭祖翻山越岭。

后来，彭祖被玉帝召上天成仙了，他临走时只留下一把斧子、一柄锄头和一把弓箭，并嘱咐两个儿子要继续开山治水，为百姓造福。彭祖走后，两兄弟扛起锄头，拿着斧子，背上弓箭就进山了。他们在这山里日夜不停地挖掘，直到挖成了九曲十八弯，治住了咆哮的山洪。

在他们的帮助下，百姓们过上了安宁幸福的日子。彭武、彭夷死后，人们为了纪念这一对开山有功的兄弟，就以他们的名字命名此山。从此，这片美丽的地方，就被称为“武夷山”了。

武夷山博物馆中的悬棺

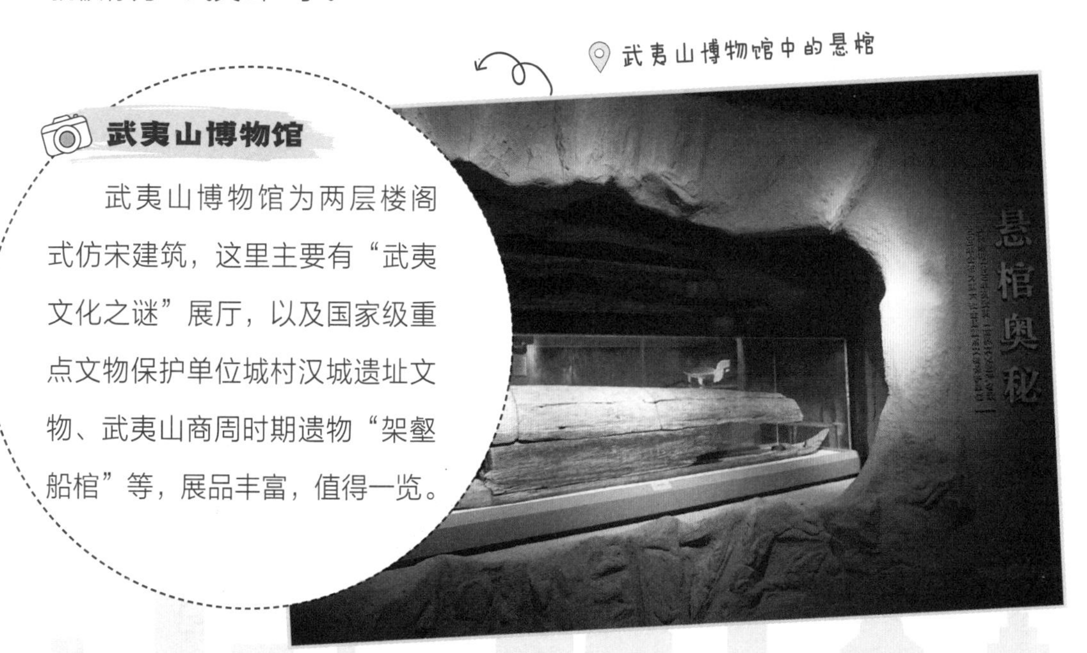


**武夷山博物馆**

武夷山博物馆为两层楼阁式仿宋建筑，这里主要有“武夷文化之谜”展厅，以及国家级重点文物保护单位城村汉城遗址文物、武夷山商周时期遗物“架壑船棺”等，展品丰富，值得一览。

九曲溪中的一曲

## 九曲溪

九曲溪是武夷山脉最著名的溪流之一，蜿蜒流淌于武夷山峰的幽谷之中，因有三弯九曲之胜，故名为九曲溪。曾有人称，“武夷之魂在九曲”，最为奇妙的是，九曲中每一曲的景色都各不相同。

武夷山玉女峰

武夷山天游峰

## 天游峰

天游峰位于武夷山景区中部的五曲隐屏峰后，被称作武夷山第一胜地，有上、下之分。“上天游”中的一览亭是一座绝好的观赏台，从这里凭栏远眺，武夷山最美的景色可以尽收眼底；“下天游”的南端有改建的天游观，殿宇式的楼阁，名为“遨游霄汉”，也是饮茶、赏景的好去处。

天游峰上的摩崖石刻“壁立万仞”

# 邵武

熙春园

mǎn lù méi huā　wèi shuí kāi biàn chūn fēng è
满路梅花，为谁开遍春风萼。

duǎn tíng xiāo suǒ　cǎo cǎo chuán bēi zhuó
短亭萧索，草草传杯酌。

sòng zǐ xiān guī　wǒ xiàn liáo dōng hè
送子先归，我羡辽东鹤。

tā nián yuē　shòu téng máng lǚ　gòng zǐ tóng qiū hè
他年约，瘦藤芒履。共子同丘壑。

——吕胜己·《点绛唇·长沙送同官先归邵武》

和平古镇

中国兰花第一谷

春风袭来，满路的梅花寂寞地盛开着，短亭中一片萧索之意。吕胜己正在与朋友告别，他略备薄酒，与朋友小酌一杯。吕胜己喝过酒，叹了口气，说："你就要回邵武了！真是让人羡慕不已呀！等到我也能顺利还乡之时，一定再与你穿着草鞋，拄着拐杖，游览于丘壑之间！"

在武夷山南，富屯溪边，有一座飘满兰花香气的铁城——邵武。自古以来，邵武便是进入闽地的重要通道，也是兵家必争之地，因地势险固，易守难攻，故而又名"铁城"。

三国时吴王孙权在此置昭武县，后又因晋朝避司马昭讳改名邵武。明代《邵武府志》曾记载："邵者，高也，昭也；武者，以地在武夷山南。古以南为昭，故曰昭武。晋避讳变昭为邵。"所以，在很久以前，邵武也曾被称作南武夷。

到如今，邵武建城已有 1700 多年的历史。这里曾为"福建八府"之一，历史上曾出过两个宰相、七个兵部尚书！赵师侠在《柳梢青 · 邵武熙春台席上呈修可叔》中称赞这里的山水：

jiǎo shǒu xiá guān　chóng tái xǐ yǐ　xīn mù jù kuān　yì shuǐ yíng lán　qún fēng sǒng cuì　tiān jiē gāo hán

矫首遐观。崇台徙倚，心目俱宽。一水萦蓝，群峰耸翠，天接高寒。

píng shēng jiāng běi jiāng nán　zǒng wèi shí　mǐn zhōng hǎo shān　yǔ àn qián tīng　yún shēng yī mèi　shēn juàn jī pān

平生江北江南。总未识、闽中好山。雨暗前汀，云生衣袂，身倦跻攀。

袁崇焕曾在邵武做知县，勤政爱民，百姓都十分爱戴他。你知道吗？位于邵武和平镇天符山的聚奎塔，其塔名便是由袁崇焕题写的呢！“聚奎塔”三个字苍劲、流畅，至今仍字迹清晰，完好无损，是袁崇焕留下的唯一可信的墨迹。

和平镇是一座有着4000多年历史的文化古镇，是古代邵武通往江西、泰宁、建宁、汀州的咽喉要道，这里文物古迹星罗棋布，不仅有城堡、谯（qiáo）楼、县衙门，还有闽北历史上最早的书院——和平书院，更有300余幢明清民居建筑，并完整保留了600多米长的古街和平街，素有“福建第一街”之称。

你如果来到这里，一定会被这里读书求学的氛围打动的！和平镇一共出了137名进士，被誉为“进士之乡”。走进这幽邃的古镇小巷，悠悠古韵迎面扑来，真令人心生感叹，浮想联翩呀！

你听说过道教的太极宗师张三丰吗？他就是邵武市人！张三丰俗名张子冲，因他素来不修边幅，又名张邋遢。

在邵武民间，有不少关于张三丰的传说。比如，传说他相貌奇特，常戴斗笠，能一口气吃完10斤米饭，然后好几个月水米不沾，却依然红光满面，精神抖擞。其中最有名的，还数碎铜茶的传说。

传说，张三丰的母亲生产之时，曾梦见一只仙鹤从远方飞来，然后张三丰就呱呱坠地了。张三丰长大之后，去武当山修炼，大约泰定甲子年间又回到邵武，在和平镇境内的留仙峰、武阳峰修炼太极。

有一天，和平街上有一孩童不小心把一枚铜钱误吞入肚，疼痛难忍，危在旦夕。张三丰知道后，便从留仙峰的茶叶丛中摘下一把茶叶，放到口中咀嚼后，让孩童服下。接着，不过一盏茶的工夫，这孩童肚内居然开始咕咕作响，不一会儿，人们就看见那铜钱变成了碎末排泄而出。

张三丰用茶叶救孩童的事情很快传遍了周围的村子。后来，人们为了纪念这件事，便把张三丰采摘的这种茶叶称为碎铜茶。

辽宁省博物馆中的张三丰像

## 熙春园

熙春园位于邵武市西郊，建于明万历年间，内有众多宋、元、明、清各代古建筑遗址，其中的沧浪阁是为了纪念南宋著名诗人严羽，其中还藏有严羽的《沧浪集》《沧浪诗话》等著作。

春兰

## 中国兰花第一谷

兰花谷位于邵武市国家地质公园内，在这里你不仅可以欣赏到不同品种的兰花，还可以享受到此地独特的“兰文化”。要知道，兰花自古便有“花中君子”的雅称，早在清朝时，人们就在这里大量养兰花。目前兰花谷内有十几万株兰花，不但有剑兰、春兰、蕙兰、台兰等 5000 多个品种，更有近年来新培育出来的武夷兰呢！

剑兰

大花蕙兰

## 和平古镇

和平古镇是一处全国罕见的城堡式大村镇，它始建于唐朝，是福建省历史最悠久的古镇之一。在这里，你能看见平日难得一见的古城堡、谯楼，以及保存得非常完好的古街巷。这里还有许多相当奇特的民俗活动，如被称为“活化石”的傩（nuó）舞、独特的龙灯烛桥，还能看到现场制作游浆豆腐的过程呢！

和平古镇的夜色

和平古镇的游浆豆腐

# 湄洲

九宝澜
黄金沙滩

shén gōng shèng dé miào nán liáng　líng yìng zhù pú yáng
神功圣德妙难量。灵应著莆阳。

méi zhōu zì xī xiān jìng　wǎn zài shuǐ zhōng yāng
湄洲自昔仙境，宛在水中央。

fú huì ài　bèi qí ráng　jiàng jiā xiáng
孚惠爱，备祈禳。降嘉祥。

yún chē fēng mǎ　xī xiǎng lái xīn　guì jiǔ jiāo jiāng
云车风马，肸蚃来歆，桂酒椒浆。

——赵师侠·《诉衷情》

南少林寺

湄屿
潮音公园

湄洲祖庙

妈祖娘娘圣德无量！据说她常在莆阳一带显灵，保佑出海的渔民。妈祖的故乡湄洲岛如同仙境一般，漂浮在大海上。妈祖爱护这里的百姓，对他们的祈祷有求必应。所以，百姓们都非常爱戴妈祖，常常备车备马，从很远的地方来妈祖庙中祈福，并备上桂酒椒浆供奉她。

湄洲湾三面环山，一面临海，与宝岛台湾遥遥相望，又因地处海陆之际，形如眉宇，故称湄洲。这里海波浩瀚，风景如画，自古以来便是旅游胜地，明代就曾有人在此修建园林亭榭，如今湄洲尚存不少崖刻的书法和画像。

但湄洲之所以出名，并不完全因为这里景色独好。许多人不远万里来到这里，只因这里是妈祖诞生的地方。赵师侠在另一首《诉衷情》中这样描述：

máng máng yún hǎi hào wú biān　tiān yǔ shuǐ xiāng lián　zhú lú wàn lǐ
茫茫云海浩无边。天与水相连。舳舻万里
lái wǎng　yǒu dǎo bì ān quán
来往，有祷必安全。

zhuān zhǎng wò　yǔ yáng quán　shǔ fēng nián　qióng zhī yù lǐ　xiǎng
专掌握，雨旸权。属丰年。琼卮玉醴，飨
cǐ jīng chéng　fú qìng mián mián
此精诚，福庆绵绵。

湄洲的妈祖庙被人们尊称为“天后宫湄洲祖庙”。这座庙兴建于公元 987 年，即林默逝世的同年。明代航海家郑和七下西洋之前，曾奉旨来到湄洲岛主持御祭，扩建庙宇。清朝时，康熙统一台湾，又命人将妈祖庙大加扩建。

如今，妈祖庙已成为全世界广大信众顶礼膜拜的圣地。尤其是每逢农历三月廿三妈祖生日之时，这里必定是人山人海。

妈祖雕塑

妈祖原名林默，出生在湄洲岛的一个官宦之家，据称是晋代晋安郡王林禄的 22 世孙女。关于妈祖成仙之前的事迹，湄洲岛上有着形形色色的传说。

相传，妈祖的母亲在分娩时，有一道奇异的红光从天而降，天空隆隆作响，大地变成了紫色。很快，母亲便生下了一个漂亮的女婴。神奇的是，这个女婴出生之后没有哭过一声，因此，父亲便给她取名为林默。

据说，林默十分聪明，8 岁时便通晓世间文章。10 岁时，便能焚香念经，早晚不懈。13 岁时，有一位老道士来到她家，对她说：“你具仙性，应当渡入正果。”说完，老道便授林默以“玄微秘法”，让她依法修炼。

有一天，她与一群女孩子在外闲游，忽然看见一个神人捧着一双铜符走了过来。女伴们都大惊失色，纷纷跑开，只有林默接过铜符，并拜谢了那位神人。

自那之后，林默身上便常常出现不可思议的现象：有时，她虽身在家中，却有人在千里之外遇见了她；有时，林默还能告诉乡亲们吉凶祸福，但凡她说过的事，无不一一应验。林默还经常用自己所学为人治病消灾，人们都很感激她，称她为“神姑”。

林默 16 岁这年的一天，她正在房间里织布，忽然神色异样，伏在织布机上，一手抓梭，一手扶杼，两脚紧踏机轴，拼尽全力挣扎。林默母亲发觉女儿的异常后，急忙把她叫醒。林默猛然睁开眼睛，失手将梭掉在地上，并顿足哭道："父亲与哥哥遭遇了海难，父亲得救了，哥哥却坠海死了！"

母亲连忙差人打听消息，不久便有人来报，林默所言果然属实！

于是，林默陪着母亲去海上寻找哥哥的尸体，小船行驶到海中央时，突然有一群水族聚集而来，吓坏了同行的人。林默告诉大家不要害怕，又回头对水族们说："不必迎接。"她话音刚落，水族立刻退去，哥哥的尸体出现在海面上。

此后，凡遇林默诞辰，就有大群的鱼环列于湄屿之前，好像拜舞的样子，直到黎明才纷纷散去。

### 九宝澜黄金沙滩

九宝澜黄金沙滩在湄洲岛的西南突出之地，好似湛蓝大海上的一弯新月，被誉为"天下第一滩"。沙滩头上奇峰挺秀、怪石嶙峋，金色的沙滩绵延不断，宽敞平坦，是湄洲岛上理想而难得的天然浴场。美国曾有一位环球旅行家来到此地之后，赞美此地为"东方夏威夷"。

黄金沙滩

## 湄洲祖庙

湄洲祖庙是全世界 5000 多座妈祖庙的祖庙，依山而建，气势不凡。在祖庙的山顶上，建有 14 米高的巨型妈祖石像，她面向大海，栩栩如生。

湄洲祖庙夜景

妈祖故事群雕

## 湄屿潮音公园

湄屿潮音公园位于湄洲岛最北端，三面临海，山峦起伏，层林叠翠。这里的海床由于亿万年风浪的侵蚀，形成了不同的孔、洞、涧、沟，它们在潮汐的吞吐之中产生共振作用，发出有节奏的、由远及近的各种声响，十分奇妙。

## 南少林寺

南少林寺的遗址位于莆田市西天尾镇九莲山上，是历史上的武林圣地，曾因“南拳北腿”与河南嵩山少林寺遥相呼应，世称“南北少林”。

南少林寺全景

南少林寺正门

# 长汀

汀州
古城墙

liè liè fēng pú chū shǔ guò　xiāo rán tíng hù qiū qīng　yě háng dù kǒu dài yān héng
猎猎风蒲初暑过，萧然庭户秋清。野航渡口带烟横。

wǎn shān qiān wàn dié　bié hè liǎng sān shēng
晚山千万叠，别鹤两三声。

qiū shuǐ fú róng liáo dàng jiǎng　yì zūn tóng pò chóu chéng　liǎo huā tān shàng bái ōu míng
秋水芙蓉聊荡桨，一樽同破愁城。蓼花滩上白鸥明。

mù yún lián jí pǔ　jí yǔ àn cháng tīng
暮云连极浦，急雨暗长汀。

——苏庠·《临江仙》

永定土楼

长汀
客家围屋

蒲柳随风摇曳，暑天刚刚过去，庭院内一片萧然，已有秋天的清冷之意。野航渡口横烟飘散，群山层叠，隐约能听见鹤鸟的叫声。苏庠携美丽的女子一同泛舟水上，借酒浇愁。只见开着蓼花的湿地上空有白鸥在飞翔。天已黄昏，云与水连成了一片，一场急雨忽至，使水面变得更加昏暗。

其实这首词中的“长汀”并不是一个地名，而是指“水中的长条形小洲”，常出现于古诗词中。真正被作为地名的“长汀”地处武夷山南麓，是福建省龙岩市下辖的一个县，位于福建省西部。这里千山竞秀，层峦叠嶂，保存有诸多文物古迹，是一座体现客家文化的古城。汉代置县，唐朝时设置汀州，从那时起，一直到清代，这里一直是州、郡、路、府的治所。

长汀是客家文化的发源地和集散地。据考证，从东汉末年开始，成千上万的中原汉人为躲避战乱、灾荒，纷纷南迁，几经跋涉来到闽西汀州地域，客居于崇山峻岭之中，在这“世外桃源”中繁衍生息，开基创业，渐渐造就了中国汉民族中一支独特的民系——客家。

在长汀，最有特色的便是客家建筑。客家的民居，并不是独门独户，而是沿中轴线向两边展开，层层递进，前后左右对称，布局严谨。规模大的民居，能容纳一个家族几十户人居住呢！

汀江水滚滚南流，哺育了一代又一代客家儿女，因而汀江也被称为“客家母亲河”。据统计，台湾至少有 300 多万人口源于汀州，香港有 200 多万汀州的客

家人。明末辅佐郑成功收复台湾的重要将领刘国轩是汀州人，清代画坛巨匠上官周是汀州人，孙中山的祖先也曾在汀州居住！郭沫若还在《我的童年》中写道："五百年前，我的祖先是福建汀州人。"

客家的母亲河——汀江是福建西部最大的河流，其两岸更是有着许多神奇的传说。

汀江大桥与蜿蜒的汀江

在汀江边上有座山，名为帽盒山，山脚下有一个天然的石洞，石洞上方有一座神奇的龙神庙。

相传在北宋年间，有一个和尚名叫德道，在汀江边修炼。某年五月，忽然下起了滂沱大雨，汀江水随之暴涨。一天清晨，德道忽然发现汀江上漂来了一座大山，秀丽神奇，上面弥漫着一片不寻常的薄雾。

德道和尚看出了这是一座风水宝山，要是能将它留在此地，必能造福一方百姓。于是，德道和尚忙拿过一旁的扫帚，向这座浮在水面上的大山一指，嘴里念念有词。忽然，天空中乌云密布，随即，大山上出现了一片火海，只见两条巨龙从山上腾空而起，向天上飞去。

巨龙远去之后，天也晴了，只见大山横跨在汀江的两岸，江水从山底的石洞中穿过，波光粼粼，向南潺潺流去。

德道和尚见此情景高兴不已，他立刻领着众僧上山勘察，只见山腰处有一座石室，桌椅家具一应俱全，而山顶上则有数朵莲台，正好可以放置如来佛祖、观音大士、五谷真仙的塑像。

德道和尚大喜，连连称赞："妙哉！善哉！"于是，他放弃了原来的修炼之地，请来工匠在这座山上建造庙宇，并定于每年农历五月二十五日为本寺庙会。又因这座山上曾出过两条神龙，人们也将这座庙宇称为龙神庙。

## 汀州古城墙

汀州古城墙位于福建省龙岩市长汀县的汀州镇，它沿山势而下，把半座卧龙山都圈进城内，形成了“城中有山，山中有城”的特色。现存的城墙长 1125 米，尚存城门楼 3 座，分别为广储门楼、朝天门楼、宝珠门楼，皆是明清时期的砖木结构。

沿水而建的古城墙

## 长汀客家围屋

长汀保存了不少宋明时期的客家围屋，它继承了中原的府第式建筑风格，沿中轴线两边展开，前后左右对称，层层递进，周围由一圈围屋围拢起来，里面池塘、水井一应俱全，可以供一个家族的几十户人家居住。围屋的构造体现了客家人聚族而居的团结精神，在古代有利于抵抗外族的侵犯，是名副其实的“家族城寨”。

客家围屋的模型

## 永定土楼

永定土楼是客家众多土楼中最有名的一处，而土楼群中最具特色的建筑当属圆楼。它一般从一个圆心出发，一层层向外展开。最中心为家族祠院，向外依次为祖堂、围廊，最外一环住人。1995 年，永定土楼与北京天坛同时作为中国南北圆形建筑的代表，参加了美国洛杉矶世界建筑展览会，引起了全世界的轰动！

福建龙岩永定土楼群

永定土楼内部

永定土楼俯瞰图

图书在版编目（CIP）数据

跟着宋词去旅行 : 全 2 册 / 任乐乐著 . -- 北京 :
北京理工大学出版社 , 2024. 12.
ISBN 978-7-5763-4482-0

Ⅰ . I222.844

中国国家版本馆 CIP 数据核字第 2024XF6503 号

**责任编辑：** 李慧智　　**文案编辑：** 李慧智
**责任校对：** 王雅静　　**责任印制：** 施胜娟

**出版发行** / 北京理工大学出版社有限责任公司
**社　　址** / 北京市丰台区四合庄路 6 号
**邮　　编** / 100070
**电　　话** / ( 010 ) 68944451 ( 大众售后服务热线 )
( 010 ) 68912824 ( 大众售后服务热线 )
**网　　址** / http: //www.bitpress.com.cn

**版 印 次** / 2024 年 12 月第 1 版第 1 次印刷
**印　　刷** / 唐山才智印刷有限公司
**开　　本** / 787 mm × 980 mm　1/16
**印　　张** / 21
**字　　数** / 280 千字
**定　　价** / 109.00 元 ( 全 2 册 )